Zuckerpuppes Tod

Rolf Hülsebusch, geboren in Köln, arbeitete als Werbeberater und lebt heute in seiner Heimatstadt als freier Schriftsteller, Drehbuchautor und Filmemacher.

ROLF HÜLSEBUSCH

Zuckerpuppes Tod

KÖLN KRIMI CLASSIC

emons:

Bibliografische Information der Deutschen Nationalbibliothek
Die Deutsche Nationalbibliothek verzeichnet diese Publikation in der Deutschen Nationalbibliografie; detaillierte bibliografische Daten sind im Internet über http://dnb.d-nb.de abrufbar.

Umschlagmotiv: Heribert Stragholz
Umschlaggestaltung: Tobias Doetsch
Druck und Bindung: CPI – Clausen & Bosse, Leck
Printed in Germany 2012
ISBN 978-3-89705-934-4
Köln Krimi Classic
Originalausgabe

»Jemanden vergessen wollen, heißt an ihn denken.«
Jean de la Bruyère

1

Bauscher hatte seine Drohung wahr gemacht. Ich sollte zu Kreuze kriechen. Mir irgendeine Arbeit suchen oder in Zukunft ohne den Tausender leben, der bisher pünktlich am Ersten auf meinem Kontoauszug erschienen war.

Bis zur Mitte meiner Zwanziger hatte ich mich leichten Sinnes in der Welt der Arbeit umgetan, die aber irgendwie nicht mit meinen Talenten zurechtkam. Wofür ich ausreichend Beweise zur Hand hatte, wenn mich jemand danach fragte. Auch hatte ich eine Menge Freunde, die meine Einstellung teilten, dass Arbeit kein Wert an sich sei.

Das war damals in Düsseldorf, Anfang der fünfziger Jahre, als alle Welt dem Wirtschaftswunder hinterherrannte. Außer mir.

Nicht dass ich keine Anstrengungen unternommen hätte, mir einen Namen als Journalist zu machen. Dreimal war ich als Praktikant bei einem Verlag untergekommen. Aber die Redakteure, mit denen ich zu tun gehabt hatte, waren ausnahmslos Banausen gewesen. Wir schieden in gegenseitigem Einvernehmen, obwohl ich ihnen klar meine Meinung gegeigt hatte, was ihre Vorstellungen von moderner Schreibe anging. Immerhin.

Gelegentlichen Anwandlungen von Selbstkritik ging ich aus dem Wege, vornehmlich an diversen Bartheken in der Düsseldorfer Altstadt.

Warum sich das Leben schwer machen?

War ich nicht Everybody's Darling in meinen Kreisen? Ein Junge aus gutem Hause mit dem nötigen Kleingeld, nicht ohne Bildung, umgänglich, solange man ihm nicht auf die Füße trat. Und mochten ihn nicht auch die Frauen, diesen gut aussehenden Typ, groß und blond und auch handfest, wenn es darauf ankam?

So weit, so gut. Bis zu jenem Tag, an dem ich besagten leeren Kontoauszug in Händen hielt, den ich zerknüllte und in den Papierkorb warf und wieder hervorholte und glättete und beschloss, mich Bauscher zu fügen. Dem neuen Ehemann meiner Mutter, der es fertiggebracht hatte, am Geldhahn ihres Vermögens zu drehen, der bislang in Richtung Düsseldorf großzügig geöffnet gewesen war. Und die dieses stattdessen zum guten Teil in seine Werbeagentur gesteckt hatte.

In Folge der bedauerlichen Sinnesänderung meiner Mutter wurde ich anno 1956 Werbetexter im Unternehmen meines nunmehrigen Stiefvaters Peter Bauscher, der WERBAG in Köln.

***

Es war an einem Monatsersten, ziemlich genau ein Jahr nach meinem Eintritt in die Firma. In dem Büro, das man mir zugeteilt hatte, fand ein Arbeitsgespräch statt, bei dem es um eine Anzeigenserie für ein neues Produkt ging, das von der Tochterfirma unseres größten Kunden vertrieben wurde: ein Deodorant namens ODORONOL.

Dieser Kunde war der Allmächtige für uns. Hersteller eines bekannten Duftwassers, der den Tropf in Händen hielt, an dem Wohl und Wehe unserer Agentur hing. Ein Konsortium achtbarer älterer Herren von strenger Moral, soweit es die Marke anging. Was das neue Produkt ihrer Tochterfirma betraf, wollte man sich in der Werbung lockerer geben, unkonventionell und freizügiger.

Auf der Fensterbank, dem kleinen Rollschrank und auf der Kante des überzähligen Schreibtischs lümmelten sich drei meiner kreativen Kollegen: Faber, der Atelierleiter, Uli Presser, der zuständige Grafiker, und Richie Naujoks, der hauseigene Fotograf. Gregersen, der Kundenkontaktmann, hatte es vorgezogen, abwartend neben der Tür stehen zu bleiben.

Draußen, auf dem Gang vor meinem Büro, klappten Türen auf und zu. Eine Vorstellungsrunde?

Dann wurde die unsere mit Schwung geöffnet, und im Türrahmen erschien Personalchef Kampmann, Herr über Anstellungen und Entlassungen. Halb verdeckt hinter ihm ein weibliches Wesen.

»Guten Morgen, die Herren«, sagte er und trat zur Seite um Dita Röder vorzustellen, die uns anlächelte und an mir vorbeisah. »Fräulein Röder ist eine neue Mitarbeiterin. Empfangsdame, Telefonistin und gelegentliche Schreibkraft im Zuge der Erweiterung der Dienstleistungen für unsere Kunden.«

Nicken, Gegenlächeln unsererseits. Faber und Uli sagten »Willkommen, Dita«, was ihr ein reserviertes »Hallo« entlockte.

Fünf Paar Männeraugen tasteten die Neue ab. Eine zierliche Person in einem bunten Sommerfähnchen, das ihre Figur vorteilhaft zur Geltung brachte. Ein Madonnengesicht, wenn da nicht dieser umwerfende Mund gewesen wäre, den ihr der Teufel geliehen haben musste. Keine Hochfrisur, wie seinerzeit üblich, sondern ein schwarzer Pagenkopf. Unschuldige blaue Augen, hinter denen sich Raffinesse versteckte, wie ich erfahren musste, damals in meiner Düsseldorfer Zeit.

Dita gab uns zehn Sekunden, dann nickte sie abschließend und wandte sich Kampmann zu, der »Na denn« sagte, seine Hand ziemlich tief auf ihren Rücken legte und sie zur Tür hinausschob.

»Was für eine Zuckerpuppe!«, sagte Uli und schaute versonnen. »Welch ein Geschenk der Geschäftsleitung für unsere lüsterne Gedankenwelt!«

»Zuckerpuppe ist gut«, grinste Faber, »aber behalt das für dich.« Was Uli natürlich nicht tat, sodass Dita bald in der ganzen Agentur »Zuckerpuppe« hieß, jedenfalls bei den Kerls. Manchmal auch später noch, als es passiert war.

2

Es war meine Idee gewesen, Dita Röder in unsere Agentur einzuschleusen, um den Maulwurf aufzuspüren, der unsere bisher stabile und lukrative Verbindung zu unserem Hauptkunden, dem Kosmetik- und Duftwasserhersteller, durchlöchert hatte. Und durch dessen Verrat es der Agentur B+T gelungen war, uns jüngst einen sicher geglaubten Millionenetat abzujagen.

Das Spiel war so gelaufen: Wie bisher üblich hatte man uns mit der Entwicklung einer Werbekampagne für ein neues Produkt beauftragt, ein sogenanntes Dienstmädchen-Parfum in moderner Aufmachung. Als dann der Tag der Präsentation unserer Kampagne gekommen war und Peter Bauscher sie der Geschäftleitung vorstellte, erntete er ein befremdetes Lächeln. Denn in nahezu gleicher Form lag sie bereits vor. Fast gleiches Bild, fast gleicher Slogan, fast gleicher Text. Eine perfekt gestaltete Sache.

Kurz gesagt, B+T gewann den Werbeetat. Mit unseren Ideen, mit unserer Konzeption. Und was fast noch schlimmer war: In den Köpfen der Vorstandsetage unseres Kunden nistete sich eine tückische Frage ein. Hatte B+T nicht überhaupt die jüngere, die frischere, die schnellere Mannschaft?

Peter Bauscher tobte. Gerüchteweise hieß es, dass der Hausmeister die Reste eines in Wut zertrümmerten Beistelltischchens hatte beseitigen müssen, auf dem zuvor die Muster der neuen Duftwasserkreation unseres Kunden gestanden hatten. »Niemals hätten diese spießigen Säcke, diese kreativen Nullen von B+T unsere Konzeption zustande gebracht!«, sollte er gebrüllt haben. »Niemals!« Das war seine felsenfeste Überzeugung. Und auch das: Es musste einen Maulwurf bei uns geben, der unser geistiges Eigentum verschachert hatte.

In dieser Angelegenheit war ich zu einer Unterredung gebeten worden. Nicht ins Chefbüro, sondern in Bauschers häusliches Arbeitszimmer in unserer Marienburger Villa, in der auch ich hätte wohnen können, wenn ich den Vorstellungen meiner Mutter von einem renovierten Familienleben gefolgt wäre. Das zu verhindern hatte vielleicht auch mein Herr Stiefvater im Sinn gehabt, als er mir ein recht großzügiges Textergehalt zubilligte, mit dem ich mir eine Wohnung in der Südstadt leisten konnte. Zusätzlich gewährte er mir ein zinsloses Darlehen für den sogenannten verlorenen Baukostenzuschuss, ohne den während der immer noch andauernden Wohnungsknappheit kaum eine gute Bleibe zu bekommen war.

Ich hatte sogar ein Auto. Einen DKW mit einem blubbernden vierunddreißig PS Zweitaktmotor, dessen blaue Auspufffahne sich heute nur noch ein genehmigter Oldtimer leisten dürfte. Mit diesem fuhr ich an besagtem Tag nach Feierabend zur Marienburg und parkte ihn vor unserer Villa, deren Garageneinfahrt vom firmeneigenen Mercedes besetzt war.

Ohne dass ich den löwenköpfigen Klopfer betätigen musste, öffnete sich die Tür, hinter der mich meine Mutter bereits erwartet hatte. Vielleicht um einer Begrüßung im Beisein meines Stiefvaters aus dem Wege zu gehen.

Seit ihrer Heirat mit Bauscher herrschte zwischen uns eine gewisse Befangenheit, und obwohl ich nun schon seit fast einem Jahr wieder in Köln wohnte, hatten wir uns nur gelegentlich gesehen.

Meine Mutter umarmte mich und fragte mit ihrer stets besorgten Stimme nach meinem Befinden. Was ich wahrheitsgemäß als durchaus gut bezeichnen konnte, nicht zuletzt weil endlich Elsa bei mir ausgezogen war.

Dann erschien Bauscher, steuerte leutselig lächelnd auf mich zu und legte mir unverhofft den Arm um die Schulter.

»Schön, dass du gleich kommen konntest, Junge!«, sagte er. »Ich brauche deinen Rat.«

Dass er »Junge« gesagt hatte, was ihm verdammt noch mal nicht zustand, ließ ich ihm verblüfft durchgehen. Dem Arm um meine Schulter konnte ich mich einigermaßen unauffällig entwinden.

»Was gibt's, Chef?«, begann ich unser Gespräch, als wir uns an seinem Schreibtisch gegenübersaßen.

»Spar dir den Chef für die Agentur auf«, sagte er und bemühte sich um ein wohlwollendes Lächeln, »es geht sozusagen um eine Familiensache.«

»Familiensache? Nicht um den Zuträger, der für B+T arbeitet?«

»Doch. Um den geht es. Und damit um das Wohl der Firma. Du bist Elviras Sohn, und ihr gehört ein Teil der WERBAG, wie du weißt. Deshalb sage ich Familiensache, wenn du erlaubst, lieber Andreas.«

»Na schön«, sagte ich und begab mich auf den Rückzug, »also Familiensache. Was kann ich tun?«

Bauscher ersparte sich höfliche Umwege. Er wusste Bescheid über meine Zeit in Düsseldorf und die dazugehörigen Bekanntschaften.

»Ich habe eine Idee«, sagte er und kniff die Augen zusammen. »Wir setzen einen Maulwurf auf den Maulwurf an. Ich denke da an eine Frau, die Erfahrung in solchen Dingen hat. Die weiß, wie man Leute aushorcht. Nicht zimperlich ist dabei. Du verstehst, was ich meine? Die stellen wir ein, gut bezahlt natürlich. Und wenn sie rauskriegt, wer es ist, bekommt sie eine dicke Belohnung. Was hältst du davon?«

Ich fand die Idee gut. Das musste ich zugeben. Und mir schwante, was ich dabei zu tun hatte. Zum Wohle der Firma und zu meinem eigenen, was den Gehaltsscheck anging und den Stuhl in meinem Büro, auf dem ich inzwischen sehr zufrieden saß und Werbetexte schrieb, was augenscheinlich meinem bis dahin unentdeckten Talent entsprach. Kurz, ich sollte die Dame besorgen, die Leute aushorchen konnte, ohne dabei zimperlich zu sein. Und von der Bauscher glaubte, dass sie in dem Milieu zu finden sei, in dem ich mich während meiner Düsseldorfer Zeit bewegt hatte.

Womit ich bei Dita anlangte, die freiberuflich für Piet Bauer gearbeitet hatte, einen Skandalreporter, der in ungut riechenden Angelegenheiten herumschnüffelte und damit sein gut belegtes Brot verdiente. Mit ihr hatte ich zeitweilig zusammengelebt. Bis sie mich bei einer Sache, von der hier nicht weiter die Rede sein soll, gefährlich in Verlegenheit brachte und aus meinem Leben verschwand. Dita würde sich für den Job gewinnen lassen, da war ich mir ziemlich sicher.

Mein vorjähriges Notizbuch zu befragen war unnötig. Ihre Telefonnummer hatte ich noch immer im Kopf. Ich wappnete mich mit Ressentiment und rief in Düsseldorf an.

»Dita Röder hier, wer spricht?«

Immer noch die Hürde, die man mit Anlauf überwinden musste, wenn man gehört werden wollte. Schließlich gab es Leute, die ihr Unfreundliches zu sagen hatten, beruflich.

Ich beschloss, die Hürde zu unterlaufen, und tat, als hätte es keine zwei stummen Jahre zwischen uns gegeben.

»Ich.«

»Wie schön!«

Gelogen, aber immerhin. Meine Stimme war nicht gelöscht.

»Wir sollten uns treffen.«

Keine Pause. »Aber gern. Und wo?«

Ich schlug einen unserer Treffpunkte von früher vor, ein Straßencafé auf der Königsallee.

***

Sie kam pünktlich, aber ich war schon da, saß bei meinem zweiten Kaffee und stärkte meinen Vorsatz, nicht weich zu werden.

Dann sah ich sie und befand, dass ich mich unnötigerweise vor mir selbst gefürchtet hatte. Zeit heilt eben doch alle Wunden – oder verschorft sie wenigstens. Kein Herzklopfen also und kein Problem, schnell zum Geschäftlichen zu kommen.

Entgegen meiner Erwartung war Dita keineswegs bereit, sich als Maulwurf anheuern zu lassen. »Die Büromaus spielen und auch noch jeden Tag nach Köln fahren, dazu hab ich wenig Lust«, sagte sie kühl und schüttelte den Kopf. »Das ist nix für mich.«

»Du könntest es mir zuliebe tun«, sagte ich mit halber Stimme und suchte ihren Blick. »Es hängt viel für mich persönlich davon ab.«

Was immerhin bewirkte, dass Ditas Aufmerksamkeit von der hochhackig vorbeistöckelnden Düsseldorfer Eleganz abgelenkt wurde und zu mir zurückfand. Regte sich da vielleicht doch der Gedanke, dass sie bei mir etwas gutzumachen hatte?

Dann warf ich die Angel aus, an der die Scheinchen hingen: dickes Gehalt und ein noch dickeres Erfolgshonorar. Sogleich begann der Blinker im trüben Wasser zu zucken.

»Na gut«, sagte sie nach einer Pause, die ich mich gehütet hatte zu unterbrechen, »erzähl mir von den Leuten, mit denen ich es zu tun haben würde.«

Das tat ich und widerstand mit Mühe der Versuchung, ihr anzubieten, für ihre Zeit in Köln bei mir einzuziehen.

3

Überall freundlich begrüßt, von den Herren etwas freundlicher als von den Damen, begann Ditas Laufbahn als Empfangsdame, Telefonistin und gelegentliche Schreibkraft bei der WERBAG. Bei dem üblichen Hin und Her zwischen den Büros der Kundenberater, den Schreibkräften, dem grafischen Atelier, dem Fotostudio und den verqualmten Zellen der Texter sah man sie mal hier, mal dort. Meist im angeregten kollegialen Gespräch, seltener mit Arbeit befasst. Wenn wir uns auf den Etagen begegneten, tauschten wir ein nettes Lächeln. Bei einigen wichtigen Herren tat sie einiges mehr. Da ruhte ihre Hand im Vorbeigehen flüchtig auf deren Unterarm, wenn sie nicht sogar ein kokettes Augenzwinkern verschenkte. Für die Kolleginnen stiftete sie gelegentlich auch mal ein paar Stücke der beliebten Havanna-Torte vom Café Zimmermann in der Herzogstraße.

Besonders liebte sie es, den Grafikern bei ihrer Arbeit über die Schulter zu schauen und sie dabei als wahre Künstler zu bewundern. Richie, dem Fotografen, half sie gelegentlich als Mannequin aus, was einigen Kolleginnen allerdings nicht so recht gefiel. Kundenberater lobten ihre Fähigkeiten in Stenografie ebenso wie den Bürokaffee, den sie individuell servierte, ohne nachfragen zu müssen, ob mit oder ohne Milch oder Zucker.

Keine Frage: Zuckerpuppe war im Geschäft.

Meine Wenigkeit blieb bei der Aktion Maulwurf außen vor. Die wickelte Peter Bauscher persönlich mit Dita ab. Das hieß, dass er ihre Berichte über die ausspionierten Kollegen in seinem Büro entgegennahm, meistens unter dem Vorwand, sich irgendeinen Vorgang bringen zu lassen.

Ich saß derweil Tag für Tag in meinem Büro und versuchte, mich in die Köpfe der Leute hineinzuversetzen, die das kaufen sollten, was unsere Auftraggeber fabrizierten.

Um geschwätzige Besucher abzuschrecken, hatte ich an der

Wand gegenüber meinem Schreibtisch den Spruch »Come to the Point« angepinnt. Mir persönlich half er, den Papierkorb zu füllen, ehe ich glaubte, etwas Überzeugendes geschrieben zu haben, und Feierabend machen konnte. Manchmal erst am spätesten Abend. Was häufig Folgen hatte.

Köln war in diesen Zeiten dabei, seinen Ruf als die kriminellste Stadt der Bundesrepublik zu festigen. So gab es genug Kneipen, in denen man nach zwölf ein bisschen was Scharfes erleben konnte, und im »Tabu« auf dem Ring traf man Leute, die meinen Düsseldorfer Freunden gefährlich ähnlich waren.

Eben dort klopfte mir an einem dieser späten Feierabende Helmut auf die Schulter. Helmut Schlawizek, der gerissenste Hund damals in unserer Klasse auf dem Hansa-Gymnasium, wo man uns ehemaligen Luftwaffenhelfern und Kurz-vor-Schluss-Soldaten per Sonderlehrgang das durch den Krieg versäumte Abitur nachzuholen gestattete. In dieser wirren Zeit war Helmut der King. Er konnte fast alles beschaffen, was es in den ersten Jahren nach 1945 nicht gab, Schwarzhandelsware sowieso, aber auch Bescheinigungen und sogar Stempel. Wobei Letztere der Grund waren, weswegen er es mit der Polizei zu tun bekam und von der Schule flog.

Helmut schlug mir an der Bar im »Tabu« also auf die Schulter, und ich knuffte zurück. »Was hast du gemacht die letzten Jahre, und was heute?« So ging das hin und her zwischen uns, sogar mit Schampus, nonchalant bezahlt von Helmut. Ich sei in der Werbung? Hochinteressant! Anständig Kohle? Ist ja toll! Und er, Helmut? Ankaufen, verkaufen, Sachen anleiern. Näheres kam da nicht. War auch nicht so wichtig im Augenblick. Einige Zeit später schon, wie sich zeigen sollte.

Nach dem »Tabu« ging es durch die Kneipen im Friesenviertel. Schulterklopfen und Mädels umarmen. Helmut war nicht irgendeiner im Revier. Ich begann, mir manches zusammenzureimen.

4

Ungefähr eine Woche später, in einer Freitagnacht, war mir der Slogan für das neue Deodorant eingefallen. Er hatte sich irgendwie in meinem Gehirn zusammengesetzt, während mein müder Körper schlief. Den zu Papier zu bringen und zu überlegen, wie es weitergehen konnte mit Bild und Text, war der Grund, warum ich am arbeitsfreien Samstag ins Büro fuhr.

Es war ein schöner Sommermorgen. Ich parkte meinen DKW gleich vor unserem Bürohaus am Deutschen Ring. Ging noch einmal zurück, weil ich vergessen hatte, das Schiebedach zu schließen, und dachte, dass ich vielleicht gegen Mittag Schluss machen sollte, um ein bisschen ins Grüne zu fahren.

Der Haupteingang war verschlossen, also würde kein anderer Samstagsarbeiter da sein. Meinen Schlüssel für das untere Schloss brauchte ich merkwürdigerweise nur einmal umzudrehen. Das obere war überhaupt nicht versperrt. Was so nicht hätte sein dürfen.

Der Eingangsbereich hatte ringsum Glas, vom Boden bis zur Decke, leicht getönt. Über der Tür stand in klassischen Goldbuchstaben: »WERBAG. AGENTUR FÜR WIRTSCHAFTSWERBUNG«.

Im ungewohnt stillen Treppenhaus glomm einsam der Aufwärtspfeil neben dem Aufzug, den ich sicherheitshalber nicht nahm. Also drei Treppen hoch zur Chefetage, wo, eigentlich unpassend, auch meine bescheidene Texterklause lag.

Die Milchglastür zum Treppenhaus, für die ich eigentlich meinen Passepartout gebraucht hätte, stand offen. Verbotenerweise, aber üblich.

Am Ende des Flurs lag Peter Bauschers Büro. Davor, links und rechts, die Zimmer der drei Kundenberater und ihrer Sekretärinnen. Ich schaltete das kalte Neonlicht ein und ging den Flur entlang zu meiner Kammer.

Als ich sie vor rund einem Jahr bezogen hatte, war sie eher ein kahles Verlies gewesen als ein Büro für einen Menschen, dem im freien Gedankenflug ständig etwas Neues einfallen sollte. Inzwischen waren die Wände bedeckt mit Skizzen von fabelhaften, aber leider abgelehnten Anzeigen und beispielhaften Anzeigen aus »Life« und »Picture Post«. Dazwischen Fotos von anregenden Frauen, die hin und wieder geklaut wurden. Den überzähligen Schreibtisch, der Platte an Platte gegen meinen stieß, benutzte ich als großräumige Ablage für Unerledigtes. Im Büro verteilt standen vier Aschenbecher, woran man sah, dass ich gern besucht wurde.

Ich setzte mich in meinen Schreitischsessel und suchte in der Schublade rechts nach einem dicken Filzstift, um meinen neuen Slogan erstmals wirkungsvoll zu Papier zu bringen. Doch der Stift ließ seine lose Kappe in meiner Hand zurück und fiel zu Boden.

Als ich mich bückte, um ihn aufzuheben, sah mich Dita an. Sie lag in dem Tunnel unter den zusammengeschobenen Schreibtischen, halb auf der Seite, den Kopf im Nacken, den Mund offen, aus dem die Zunge hervorquoll, Würgemale am Hals.

Ich ließ mich auf die Knie nieder und blieb so. Brauchte Zeit, um meinen Atem wieder in Gang zu bringen und von ihren Augen loszukommen, die mich festhalten wollten, starr und wie vorwurfsvoll.

Dann hörte ich die Stimme von Uli Presser hinter mir, kroch zurück wie ein lahmer Hund, richtete mich auf und bekam nur das eine Wort heraus:

»Tot.«

»Was ist tot?«, fragte er, weit entfernt von der Vorstellung, dass ein Mensch damit gemeint sein könnte, hier in meiner freundlichen Texterklause an diesem sonnigen Vormittag.

»Dita«, sagte ich und zeigte auf den Raum zwischen den beiden Schreibtischen. »Dita Röder. Hat einer umgebracht.«

Uli Presser war einige Jahre älter und hatte im Krieg vermutlich ein paar Leichen mehr gesehen als ich. Ohne weiterzufragen, schob er mich zur Seite und ließ sich auf die Knie nieder. Kam wieder hoch, schüttelte den Kopf und sagte bedauernd: »Unsere Zuckerpuppe.«

Er ging um die beiden Schreibtische herum, bückte sich und winkte mir, zu ihm herüberzukommen.

»Das hat sie davon«, sagte er und zeigte auf den Schlüpfer, der an ihrem linken Knöchel hing, anscheinend heruntergerissen und halb kaputt. »Immerzu mit dem kleinen Arsch rumwackeln und keinen BH unter der Bluse. Wir müssen die Polizei rufen. Das machst am besten du selbst, als Hauptverdächtiger.«

5

Erst kam ein Streifenwagen mit Uniformierten, die gemächlich ausstiegen und die Köpfe in den Nacken legten und raufguckten. Dann erschien ein grauer VW-Käfer. Vier Männer stiegen aus und taten das Gleiche.

»Ich gehe runter und lasse sie rein«, sagte Uli ohne Eile. »Setz dich hin und guck nicht so verdächtig, wenn sie reinkommen.«

Nur ein Scherz?

Seit meinem Anruf war eine knappe halbe Stunde vergangen, während der wir herumgestanden und vermieden hatten, auf Dita hinunterzuschauen. Gesprochen worden war nicht viel außer hilflosen Vermutungen, die zu nichts führten.

Uli würde der Polizei sagen, dass er am frühen Samstagmorgen ins Atelier gefahren sei, um einen Entwurf zu ändern, der ihm über Nacht nicht mehr gefallen hatte. Und dass er keine zwei Minuten nach mir angekommen sei und mich gerade noch gesehen habe, als ich den Eingang hinter mir abschloss.

Ich hatte Mühe, es zu fassen. Dita vergewaltigt. Erwürgt in meinem Büro. Oder anderswo und hier abgelegt. Wie eine kaputte Puppe.

Wer tat so etwas? Der Maulwurf, den sie entlarvt hatte? Oder einer, den sie mit ihrem kessen Geplänkel verrückt gemacht und dann nicht hatte ranlassen wollen?

Uli hatte die Tür hinter sich offen gelassen. Ich ging auf den Gang hinaus, weil ich nicht mit Dita allein bleiben wollte.

Auf dem blanken Linoleum spiegelte sich das kalte Licht der Deckenbeleuchtung. Hatte man ihre Leiche hier entlanggeschleift?

Ich sah das Bild vor mir wie eine Szene aus einem Film. Aber ohne die Erschütterung, die ich doch jetzt hätte fühlen müssen. War ich einfach nur kaltschnäuzig, immer noch der zutiefst verletzte Liebhaber, den sie einmal verraten und verkauft hatte?

Die Leute von der Kripo nahmen sich Zeit. Wollten wohl erst mal allein mit Uli reden.

Im leeren Treppenhaus hallten Stimmen. Dann war auf einmal der halbe Gang voller Leute, mit und ohne Uniform.

Der Chef der Truppe hieß Hauptkommissar Viekötter. Ein vierschrötiger Mann um die vierzig mit einem völlig nichtssagenden Gesicht. Bis auf das ausladende Kinn, das aussah, als hätte man eine Schublade vergessen zuzuschieben.

Er stellte sich höflich vor, jedoch ohne Handschlag. Hinter ihm wollten noch drei andere mit in mein Büro, was Viekötter aber nicht zuließ, sondern irgendwas von »Tatort« brummte und die Tür hinter sich schloss, nicht ganz, aber deutlich genug.

Dann sah er mich fragend an. Um mich zum Sprechen zu bringen, schien ihm das zu genügen.

»Hier liegt sie«, sagte ich und zeigte auf den Tunnel unter den Schreibtischen. »Fräulein Röder, eine Angestellte.« Und hastig wie ein eifriger Schüler: »Angefasst haben wir sie nicht.«

Was bringt einen unbescholtenen Bürger dazu, sich der Polizei gegenüber sofort befangen zu fühlen und schwachköpfig daherzureden?

Viekötter nickte und bückte sich zu Dita hinunter. Dann richtete er sich wieder auf und sagte immer noch nichts. Stattdessen schien ihn das angepinnte Zeug an den Wänden zu interessieren. Er legte die Hände auf den Rücken und schob sich wie ein Galeriebesucher seitlich daran entlang.

»Ist es das, was Sie hier so machen?«, fragte er schließlich und kam zu mir zurück. »Reklame-Anzeigen?«

Ich nickte und wartete darauf, dass er endlich mit seinem Verhör anfing. Um Dita hatte er sich nicht weiter gekümmert.

Doch er sagte schlicht: »Erzählen Sie mal. Zuerst ein paar Personalien und dann von Anfang an.«

Von Anfang an? Wo sollte der sein? Uhrzeit meiner Ankunft im Büro? Zweck meines Erscheinens am arbeitsfreien Samstag? Die Nacht davor?

Nachdem er sein Notizbuch wieder eingesteckt hatte, fing ich einfach mit dem Schlüssel zum Hauseingang an, den ich nur ein einziges Mal hatte umdrehen müssen. Und dass das zweite Schloss überhaupt nicht verriegelt gewesen war.

Anerkennendes Nicken, ich schien ihm ein brauchbarer Zeuge zu sein. Aber dann kam es:

»Als Sie Ihr Büro betreten haben, konnten Sie die Leiche da unten ja gar nicht entdecken. Oder sind Sie auf allen vieren gekrochen?«

Ich rang mir ein Lächeln ab und erklärte, dass es wegen des Filzstifts gewesen sei, den ich für meinen neuen Slogan gebrauchen wollte und der runtergefallen sei und mich gezwungen hätte, mich zu bücken, wobei ich dann Dita sah und plötzlich Uli Presser hinter mir hörte. Alles in einem Atemzug.

Vieкötter zog die Augenbrauen hoch. »Was für ein Slogan?«

»Wegen dem ich heute ins Büro gekommen bin«, erklärte ich.

»Hm. Und da wollten Sie das Opfer treffen?«

»Nein, ich wollte allein sein. Arbeiten. In Ruhe die Anzeige fertig machen.

»Verstehe«, sagte Viekötter. »Klären wir alles später. Jetzt lassen wir mal den Erkennungsdienst ran.«

Doch der war noch nicht eingetroffen, sodass Viekötter mich vor Ort weiterlöchern konnte. Wo ich denn die vergangene Nacht verbracht habe, fragte er und sagte nicht, dass dies eine reine Routinefrage sei.

Keine Zeugen? Also allein geschlafen? Irgendwie hatte sich sein Tonfall verändert.

Ganz klar, der Typ konnte mich nicht leiden. Weil ich in seinen Augen ein Werbefritze war, der wahrscheinlich das Dreifache seines Beamtengehalts verdiente? Ein glatter Typ, scheinbar harmlos, aber gewieft, um keine Antwort verlegen? Sogar überheblich, wenn ihm notwendige Routinefragen überflüssig erschienen? Oder glaubte Viekötter schon, den Täter vor sich zu haben? Das Schwein, das diese junge Frau vergewaltigt und erwürgt hatte?

Einmal, als ich mich geweigert hatte, eine mir belanglos erscheinende Frage zu beantworten und einfach nichts mehr sagte, sah er mich mit zusammengekniffenen Augen an und zeigte mir ein feindseliges Grinsen.

Viekötter schien mich zu kennen, aber woher?

Von früher? Aus Kriegszeiten? War er da Polizist an der »Heimatfront« gewesen? In Köln?

Plötzlich sah ich ihn in der blauen Uniform von damals vor mir, den Tschako mit dem Hoheitszeichen im Eichenkranz auf dem Schädel. Er stand mir gegenüber, vor der Tür unserer Villa, wo ich ihm frech entgegentrat, als er meine Kamera konfiszieren wollte, mit der ich verbotenerweise die Trümmer eines Nachbarhauses aufgenommen hatte, das in der Nacht zuvor von Bomben getroffen worden war. Stark, wie ich mich damals fühlte, in meiner HJ-Uniform mit der grün-weißen Führerschnur auf dem Braunhemd.

Als dann auch noch mein Vater erschien und ihn von oben herab abfertigte, weil er nicht berechtigt war, mir die Kamera abzunehmen, da war bei seinem Abgang dieses feindselige Grinsen über seinem Schubladenkinn erschienen, mit dem er mich jetzt ansah.

Klar, ich war das rotzfreche Jüngelchen von damals, das in der herrschaftlichen Villa wohnte und dessen Vater ihn, den einfachen Polizisten, gedemütigt hatte.

Hauptkommissar war er also geworden, der Wachtmeister Viekötter. Hatte sich nach Kriegsende in die Kölner Polizei hinübergerettet und augenscheinlich bis heute nicht vergessen, wer ihm seinerzeit dumm gekommen war.

Dann trafen die Leute vom Erkennungsdienst ein und brachten gleich den Doktor mit. Schleppten Geräte an und begannen zu fotografieren und guckten wichtig und durften sogar Viekötter und mich nach draußen schicken.

Eine halbe Stunde später hatte sich der Gang vor meinem Büro zur Hälfte geleert. Die Uniformierten waren weg. Auch der Doktor, der den Todeszeitpunkt zwischen zweiundzwanzig und zwei Uhr vermutete.

Gleich mussten die Männer mit den schwarzen Schirmmützen und dem Blechsarg kommen. Würden mit geübten Griffen Ditas Leiche hochheben und in die kalte Totenkiste legen und sie passend zurechtrücken. Ihr vielleicht die starren Augen schließen, wenn es nicht schon der Polizeiarzt getan hatte. Würden scheppernd den Deckel über ihr schließen und sie hinaustragen.

Uli, der draußen an der Wand gelehnt hatte, steuerte auf den Kommissar zu und fragte, ob er noch gebraucht würde. Er hätte doch schon alles zu Protokoll gegeben vorhin, und schließlich sei er hergekommen, weil er dringend arbeiten müsse.

»Nein, fürs Erste nicht«, sagte Viekötter und sah auch mich dabei an. »Wir haben noch eine Stunde zu tun. Danach werden wir Ihr Büro versiegeln. Sie brauchen aber nicht so lange hierzubleiben. Wir finden schon alleine raus. Rechnen Sie damit, dass wir uns am Montag melden, um mit Ihrer Belegschaft zu reden. Sie sollten überlegen, wen Sie inzwischen von dem Vorgefallenen verständigen. Und natürlich sollten Sie am Montag auch selbst anwesend sein.« Damit reichte er mir die Hand und blickte auffordernd zur Tür hin.

Wie weiter jetzt? Zurück nach Hause und dabei immer noch das Bild vor Augen, wie Dita dagelegen hatte? Das bitte nicht.

Uli Presser verstand, wie mir zumute war.

»Komm doch mit ins Atelier«, sagte er. »Würde mich interessieren, was du von meinem neuen Entwurf für die Tabakfritzen hältst.«

»Mach ich gern«, nickte ich und folgte ihm die Treppe hinauf in das Penthouse, dem Atelier für die Grafiker. Hier standen ihre Arbeitstische, so angeordnet, dass alle das durch die Panoramafenster fallende Tageslicht mitbekamen. Neben dem Eingang, abgeteilt durch Glaswände, der Raum für Faber, den Atelierleiter. Ansonsten Schränke mit breiten Schubladen für die teuren Pappen und das Zeichenpapier. Regale für allerhand Material. Nicht zu vergessen das große Aquarium mit den Schleierschwänzen und den kleinen schwarzen Guppys, die zwischen ihnen herumflitzten. Davor die beiden Sessel für die gern genommenen Denkpausen der Kreativen. Dort saß man und schaute verlorenen Blickes den Fischen zu, wartend auf Inspiration oder schlicht faul.

Ulis Arbeitstisch war der letzte in der Reihe, direkt am Fenster. Auf den steuerte er zu und zerrte einen Drehstuhl hinter sich her. »Setz dich, ich hol mal die Pappe.«

Darauf war das halbfertige Layout einer Anzeige für einen Drehtabak zu sehen, das ihn den restlichen Vormittag beschäftigen würde. Ich fand gut, was er sich hatte einfallen lassen, und verabschiedete mich nach einer Stunde. Über den Mord hatten wir kein Wort verloren.

Auf dem Weg nach unten ließ ich die Tür zur Chefetage offen stehen; das Polizeisiegel an meiner Bürotür anzusehen ersparte ich mir.

6

Mein DKW am Straßenrand erschien mir plötzlich wie eine Zuflucht. Ich stieg ein und griff nach oben, drehte am Griff des Faltschiebedachs und schob es zurück. Irgendwie passend hatte sich der blaue Himmel vom Morgen dunkel bezogen.

Unentschlossen fuhr ich stadteinwärts den Deutschen Ring entlang, grüßte am Ebertplatz den Verkehrspolizisten auf seinem Podest, der demnächst durch Ampeln ersetzt werden würde, und versuchte, nur an das Nächstliegende zu denken.

Sollte ich Bauscher persönlich unterrichten? Dann würde ich lange an seinem Lamentieren über den Imageverlust der Agentur teilnehmen müssen. Telefonieren wäre besser. Also weiter den Ring entlang nach Hause. Von dort aus würde ich auch versuchen, Personalchef Kampmann zu erreichen, was ich eigentlich schon hätte tun sollen, als die Polizei erschienen war.

Vor mir lieferten sich ein Messerschmitt-Kabinenroller und eine Isetta ein Rennen. Köln wurde von Tag zu Tag mobiler. Bald würde es eng werden auf den Straßen.

Ohne freundliche Jugenderinnerungen zu wecken, tauchte links von mir das Hansa-Gymnasium auf. Auf der Treppe vor dem Haupteingang hatte uns 1946 der mürrische Hausmeister einmal am Tag die von den Amis gespendete Brotsuppe ins mitgebrachte Kochgeschirr platschen lassen.

Ringsum waren nur Trümmer gewesen damals. Kein Gedanke daran, hier einmal mit einem eigenen Auto entlangfahren zu können. Gelobt sei Ehrhardts Wirtschaftswunder, dachte ich, gab Gas und ließ die Rennfahrer hinter mir.

Die Alteburger Straße, rechts die geruchsintensive Fischbratküche und daneben das entkernte und wiederaufgebaute Haus mit dem Schildchen »Andreas Graff« auf dem Klingelbrett. Meine Wohnung. Dritter Stock, nach hinten raus.

Neben dem Telefon lag immer noch die falsche Brillantbrosche, die Elsa zurückgelassen hatte. Ich nahm den Hörer auf und machte mich darauf gefasst, doch noch zum Chef in die Marienburg bestellt zu werden.

Am Telefon meldete sich meine Mutter und freute sich. Ich fragte nach Peter Bauscher, aber der war verreist, schon gestern Abend, direkt vom Büro aus. Nach Frankfurt, zu einem alten Kriegskameraden, mit dem er auch geschäftlich zu tun hatte.

Ich erzählte ihr, was geschehen war. Sah im Geiste, wie sie sich den marokkanischen Hocker heranholte und sich eine Zigarette anzündete. Was sie erst tat, seit sie Frau Bauscher war. Hatte sich angepasst wie eine junge Braut.

Ich konnte es nicht fassen, aber meine Mutter liebte diesen Großkotz tatsächlich. So sehr ich mich auch bemühte, ihr ein spätes Glück zu gönnen, es gelang mir nicht.

Unser Gespräch dauerte, bis man den Türklopfer hörte, der ihre Freundin Irmgard ankündigte. Falls Peter anriefe, würde sie ihm berichten, sagte sie hastig, bereits in Erwartung des neuesten Marienburger Klatsches, den sie gleich zu hören bekommen würde.

Kampmann meldete sich mürrisch. Es hieß, dass er mit einem bösen Weib verheiratet sei, und so klang er auch. Erst war er entsetzt über den Mord in seinem Revier, doch dann hatte er es eilig, herumzutelefonieren und diverse Leute aus der oberen Etage zu informieren. Er selbst würde am Montagmorgen schon vor acht in der Firma sein.

Danach spürte ich, dass ich etwas essen sollte, und machte mich auf den Weg zum »Schmitze Lang« in der Severinstraße.

Am Tresen war es noch leer, und ich verdrückte die beiden Mettbrötchen und das Solei im Stehen. Das Kölsch, so früh am Nachmittag, schmeckte schal. Im Spiegel hinter dem Regal mit den Schnäpsen sah mein Gesicht so aus, wie ich mich fühlte.

Ich überlegte, wie ich den Tag am besten zu Ende bringen könnte, ohne an Dita im Blechsarg denken zu müssen.

Im Hahnentor lief »Die Benny Goodman Story«, und ich dachte, dass der King of Swing mir helfen könnte, auf andere Gedanken zu kommen. Tat er aber nicht.

Wieder zu Hause ging ich gleich zu Bett und lief mit Kommissar Maigret durch Paris, um einem Mörder eine Falle zu stellen.

Als ich schließlich das Buch weglegte und das Licht ausknipste, begann der schwule Arno in der Wohnung unter mir, seine Zarah-Leander-Platten aufzulegen, wieder und wieder. Schlaftabletten hatte ich keine, und so kreisten zwischen Wachen und Schlafen in meinem Kopf krude Gedanken in einer endlosen Schleife: dass ich an Ditas grausamem Tod schuld war, weil ich sie zu diesem zweifelhaften Job überredet hatte, den sie zuerst gar nicht hatte haben wollen. Dass mich der Kommissar ernsthaft des Mordes an Dita verdächtigte, obwohl Uli Presser bezeugte, dass er gesehen habe, wie ich erst kurz vor ihm ins Haus gegangen war. Was bei Licht besehen kein Alibi für die Mordzeit war, weil es ja ein Trick hätte sein können: nach der Tat schnell nach Hause und am frühen Morgen zurück und entsetzt die Leiche entdecken. So hätte Viekötter denken können, es sogar müssen als Kriminaler.

Natürlich würde er nach einem Motiv bei mir suchen. Und da genügte doch allein schon die Tatsache, dass ich ein Mann war und Dita ganz offensichtlich eine Frau, die in Männerhirnen einen gefährlichen Hormonschub auslösen konnte.

Viekötter glaubte, ich hätte sie mir geschnappt und in mein Büro gedrängt und es vielleicht erst mal so versucht und dann mit Gewalt. Sie aber hätte sich gewehrt und dabei möglicherweise abschätzige Dinge gesagt, die unter meine Gürtellinie zielten. Dann hätte ich rotgesehen und es wäre passiert. Tat im Affekt.

Aber bitte, Herr Kommissar, hörte ich mich im Geiste sagen, hat es nach einem Kampf ausgesehen in meinem Büro? Nein? Dann suchen Sie gefälligst anderswo! Nehmen Sie alle WERBAG-Angestellten und jedes Detail unter die Lupe! Und überhaupt: Ist nicht das abseits von der Innenstadt gelegene Bürohaus eine Versuchung für Einbrecher? Denkbar doch, dass so einer dann unverhofft in einem Büro oder auf dem Flur auf das Opfer traf. Spätabends oder in der Nacht, nachdem alle anderen längst das Haus verlassen hatten.

Spätabends oder in der Nacht. Das war der Knackpunkt, zu dem mir keine Antwort einfiel: Was hatte Dita um diese Zeit in der Agentur zu suchen gehabt?

7

Mein Sonntagmorgen begann mit drei Tütchen Nescafé, die mich langsam wach machten. Leider aber auch die Fragen. Vor allem die letzte.

Gegen Mittag rief ich Uli an, fragte, ob er eine Idee dazu habe. Nein, habe er nicht, sagte er nach einer merkwürdig langen Pause. Und das war es, was mich misstrauisch machte: Uli wusste etwas.

Am späten Nachmittag meldete sich Stiefvater Peter. Eben zurück aus Frankfurt. Sagte, dass Elvira ihm gleich von meinem Anruf berichtet habe, und bat dringend um Besuch. Zum Abendessen, so gegen sieben?

Peter Bauscher war eine beeindruckende Figur. Mitte fünfzig, volles dunkles Haar, ein eckiger Bauernschädel, kultiviert durch die Einheirat von Bürgerstöchtern in die Reihe seiner derben Vorfahren. Eisblaue Augen, ein Männergesicht mit Falten von überstandenen Stürmen. Ehemals Oberleutnant in einer Propagandaeinheit der Wehrmacht, was nach dem Krieg den beziehungsgeförderten Einstieg in die aufblühende Werbebranche erklärte. Meine Mutter, immer noch eine schöne Frau, stand neben ihm in der Halle, als ich eintraf.

Ein herzlicher Empfang, ganz und gar unbefangen. Am Abendbrottisch kein Wort von Mord. Diese dumme Sache konnte warten. War doch einfach schön, dass man mal wieder zusammensaß. Dann entschuldigte sich meine Mutter, um im Fernsehen einen Film mit Liselotte Pulver anzusehen.

Wir siedelten um ins sogenannte Herrenzimmer, wo um den runden Rauchtisch herum die tiefen ledernen Clubsessel aus unserem alten Familienbesitz standen. Der Chef holte den Scotch und zwei Gläser aus dem Schränkchen unter meinem Großvater, der im schweren Goldrahmen an der Wand hing.

»War ja eine interessante Person, dieses Fräulein Röder«, sagte er und ließ sich tief ins Leder sinken. »Ausgesprochen verführerisch und auch clever. Genau der richtige Maulwurf, den du uns da angebracht hast. Wenn auch leider ohne Ergebnis. Nun ja. Und ausgerechnet du warst derjenige, der sie gefunden hat. Muss ja scheußlich gewesen sein für dich. Jetzt erzähl mal, was sich da abgespielt hat in der Agentur.«

Ich bestätigte, dass es scheußlich für mich gewesen war, und berichtete. Schilderte so ungerührt wie möglich die Lage und den Zustand der Leiche mit dem Vergewaltigungsindiz sowie die bedrohlichen Andeutungen des Kommissars Viekötter.

Alles das nahm Bauscher erstaunlich gelassen auf. Wobei es ihm, bei allem zu erwartenden Ärger für die Agentur, augenscheinlich mehr Verdruss bereitete, dass sich nun niemand mehr um den Maulwurf kümmerte, der unser Geschäft weiterhin bedrohte.

»Die Röder hat mir zwar immer brav berichtet, was die Angestellten so dachten und machten, mehr aber leider nicht«, sagte er. Und dann kam wie aus der Pistole geschossen: »Da musst du wieder ran, Andreas!«

Kaum war die interessante, verführerische, clevere Person, die ich besorgt hatte, umgebracht worden, sollte ich Nachschub beschaffen. Der Unternehmer ließ nichts anbrennen.

Sollte ich ablehnen? Das würde Bauscher kaum akzeptieren. Und schließlich war auch mein derzeitiges Wohlleben vom Erfolg der Agentur abhängig. Nur so einfach, wie er sich das vorstellte, würde es nicht gehen.

»Die Röder war ein einmaliger Glückstreffer«, sagte ich und erschrak über das Wort. »Schließlich kam sie sozusagen vom Fach. War Mitarbeiterin eines Skandalreporters und gewohnt, sich an Leute heranzumachen, um sie für ihn auszuhorchen. Büroerfahren obendrein. Ich kenne niemanden sonst, der das bringen könnte.«

Bauscher nickte und versank eine Weile in Schweigen.

Lag es an der angestrengten Stille zwischen uns? Ich sah mich plötzlich als Junge in diesem Zimmer, in demselben tiefen Clubsessel sitzen. In dem anderen mein Vater, der mit mir über das Leben sprach, wie er es sah. Der versucht hatte, mich vor den Versuchungen des Nationalsozialismus zu warnen, der verhindern wollte, dass ich HJ-Führer wurde und später Kriegsfreiwilliger. Erfolglos allerdings. Mein Vater, den der Erste Weltkrieg ein halbes Bein gekostet hatte und der mit den Wölfen heulen musste, um unsere mittelgroße chemische Fabrik vor dem Zugriff der Partei zu retten. Und der schließlich, 1944, in seinem Labor von einer amerikanischen Fliegerbombe getötet worden war. Mein Vater, in dessen Sessel nun Peter Bauscher saß.

Schließlich versprach ich ihm, mir dringend Gedanken über einen Ersatz für Dita zu machen. Trank den Whisky aus und sehnte mich nach einem Bier aus meinem eigenen Kühlschrank. Meine Mutter wollte ich nicht beim Fernsehgenuss stören und bat, ihr auszurichten, dass ich in den nächsten Tagen mal wieder vorbeikommen würde.

Das war das Ende des Sonntags vor dem Montag, der nicht erfreulicher zu werden versprach. Es sei denn, es würde mir gelingen zu beweisen, dass ich in der Mordnacht zu Hause in meinem Bett gelegen hatte.

Fast wünschte ich, Elsa wäre nicht ausgezogen.

8

Die Herren von der Polizei kamen um zehn, entsiegelten mein Büro und untersuchten noch einmal meinen Schreibtisch. Auf Kreidemarkierungen des Leichenumrisses hatten sie verzichtet. Dann baten sie, unser »Kino« benutzen zu dürfen. Das war der Raum, in welchem den Kunden die Werbefilme vorgeführt wurden, die wir für sie produziert hatten – und der gelegentlich auch für geschlossene Vorstellungen von Erotikstreifen genutzt wurde, die Herr Dröger, unser Filmvorführer, unter der Hand beschaffen konnte. In der Vorweihnachtszeit diente das Kino als Lager für Musiktruhen, Fernseher und sogar Winterreifen als Geschenke für die Herren Werbeleiter diverser Klienten.

Hierhin wurden am Montagmorgen nacheinander die Angestellten bestellt, um ihre Aussagen zu Protokoll zu geben, was für beträchtliche Aufregung und Geraune auf den Gängen und in den Büros sorgte. Dringende Arbeiten ruhten, Kundengespräche wurden vertagt.

Dita Röder war ermordet worden. Entsetzlich! Diese angenehme und allseits beliebte junge Kollegin. Sogar vergewaltigt, wie die Ersten zu berichten wussten, die ihr Verhör hinter sich hatten. Niemand nannte sie heute anzüglich Zuckerpuppe, obwohl Sex ganz klar das Mordmotiv gewesen sein musste.

Fragen und Vermutungen kursierten von Etage zu Etage, von Büro zu Büro. Konnte der Täter einer aus der Firma sein? Kolleginnen bedachten Kollegen mit verstohlenen Seitenblicken. Und dass ausgerechnet der Stiefsohn des Chefs sie in seinem eigenen Büro vergewaltigt und erdrosselt haben sollte, war schlichtweg grotesk. Der doch nicht!

Bevorzugt wurde die Version von einem nächtlichen Einbrecher, dem Dita in die Hände gefallen war. Zumal die Buchhaltung im zweiten Stock das Verschwinden einer Schreibmaschine und der Portokasse meldete. Die Kardinalfrage aber war:

Was hatte die Röder so spät in der Agentur zu suchen gehabt? Niemand hatte Überstunden von ihr verlangt. Ein Verwirrspiel und traurig, traurig das Ganze.

»Na denn, Herr Graff«, begrüßte mich Viekötter in unserem Kino und schüttelte mir schlaff die Hand, »jetzt ist der Hauptverdächtige dran.«

Kleiner Scherz, gezielt auf meine Magengrube.

Da es in unserem Kino nur Bestuhlung und keinen Tisch gab, hatte man einen aus der Postabfertigung von nebenan hereingeholt. An diesen setzte sich der Kommissar und bat mich, ihm gegenüber in der ersten Zuschauerreihe Platz zu nehmen. Sein Assistent und ein älterer Glatzkopf lehnten am Fenster, vor dem man die Verdunkelungsvorhänge zurückgezogen hatte.

Sicher hätte ich mir doch seit Samstag Gedanken darüber gemacht, wie ich dem dringenden Tatverdacht gegen mich begegnen könnte, begann Viekötter verkniffen lächelnd.

Nein, sagte ich, eher darüber, ob die Polizei wohl mit der nötigen Sorgfalt anderweitig ermitteln würde. Beispielsweise was die Möglichkeit anging, dass ein nächtlicher Eindringling die Tat begangen hatte. Und bereute sogleich, den Kommissar angegriffen zu haben.

Wie befürchtet, schwand das Lächeln. »Längst geschehen, Herr Graff. Versuchen Sie lieber, Ihr angeblich verschlafenes Alibi für die Mordnacht zu beweisen.«

»Kann ich nicht. Muss ich auch nicht«, sagte ich. »Sie müssen einem Verdächtigen die Unwahrheit beweisen. So herum läuft das.«

Ungerührt wechselte er die Spur. »Erzählen Sie uns, wie Sie zu dem Opfer standen. Beruflich und privat.«

»Beruflich? Kein Kontakt. Ich bin Texter in der Agentur und brauche keine Sekretärin. Gelegentlich mal eine Schreibkraft, aber das ist selten. Für Fräulein Röder hatte ich keinerlei Verwendung.«

Viekötter nickte, schien zufriedengestellt. Dann stand er auf und begann im Raum auf und ab zu gehen. Kannte ich aus Kriminalfilmen, das Manöver.

»Also kein Kontakt. Und privat?«

»Auch keinen. Mal ›Guten Tag‹ und ›Wie geht's‹ und ›Schönes Wochenende‹, so das Übliche.«

»Nicht mehr? Kein bisschen angemacht, die Zuckerpuppe?«

Klar, das mit der Zuckerpuppe wusste er von denen, die er vor mir verhört hatte.

»Nein«, sagte ich, »war nicht mein Fall, die Dame.«

»Sie hatten also keinen privaten Kontakt mit ihr in den beiden Monaten? Nein?«

»Nein.«

»Und früher? In Düsseldorf? Zuletzt, als sie die Dame angeworben haben, um den sogenannten Maulwurf in der Firma zu finden?«

Eins zu null für Viekötter.

Ich schluckte die Kröte. Hätte mir doch denken können, dass Kampmann plaudern würde.

»Nicht gut für Sie, dass Sie uns belügen, Herr Graff«, sagte Viekötter und ließ den Satz bedrohlich lange stehen. Dann beugte er sich über den Schreibtisch zu mir herüber und probierte einen stahlharten Blick. »Jetzt sage ich Ihnen mal, wie ich den Fall sehe: Sie hatten die Aufgabe übernommen, den Maulwurf in Ihrer Firma zu finden, der Betriebsgeheimnisse, in diesem Fall Ihre Werbestrategie für ein neues Eau de Toilette Ihres Hauptkunden, an die Konkurrenz verkauft hatte. Da Sie dies als Familienmitglied des Unternehmers nicht auf eine geboten unauffällige Weise tun konnten, verfielen Sie auf die Röder, deren dubiose Berufspraktiken Sie aus Ihrer Düsseldorfer Zeit kannten.«

Er machte eine Pause, um seine Kenntnisse gehörig auf mich wirken zu lassen. Dann fuhr er fort und bemühte sich, dabei wie ein Staatsanwalt zu klingen, mit dem ich es demnächst vielleicht zu tun bekommen würde: »Sie erinnerten sie an Ihre frühere intime Beziehung, um sie dazu zu bewegen, in der Agentur als geheime Ermittlerin tätig zu werden. Worauf die Röder einging. Sie kam nach Köln und wohnte möbliert in einer Wohnung in der Krefelder Straße. Nach außen war sie in der Firma nur eine normale Angestellte, die Sie nicht näher kannten. In Wirklichkeit aber überwachten Sie ihre Tätigkeit, zu der es gehörte, dass sie sich das Vertrauen ihrer Kollegen erschleichen musste.

Das aber tat sie auf eine Weise, die Ihre Eifersucht erregte, weil Sie sich inzwischen erneut zu ihr hingezogen fühlten. Dann kam es zu der nächtlichen Begegnung in Ihrem Büro und zu der Eifersuchtstat. Sie erwürgten Sie im Affekt und täuschten zur Verschleierung Ihres Motivs eine Vergewaltigung vor, indem Sie der Leiche den Schlüpfer mit Gewalt herunterrissen.«

Viekötter gönnte seinem Monolog ein paar bedeutungsschwangere Sekunden, ehe er fortfuhr: »Was die Beseitigung der Leiche angeht, verfielen Sie darauf, sie einfach in Ihrem Büro liegen zu lassen, eilig nach Hause zu fahren und am Morgen wieder aufzutauchen, um sie als Erster zu entdecken.«

Selbstgefällig lehnte er sich auf seinem Stuhl zurück, bereit, mein Geständnis entgegenzunehmen.

Ich nahm mir die Freiheit, ihn über Gebühr warten zu lassen. Was ihn immerhin irritierte.

»Eine perfekte Geschichte, Herr Kommissar«, sagte ich schließlich und grinste ihn an. »Als Geständnis unterschriftsreif, wenn ich der Täter wäre. Was ja nun nicht der Fall ist.«

Ich ließ eine weitere leere Minute im Raum stehen und wartete.

»Belassen wir es für heute dabei, Herr Graff«, sagte Viekötter schließlich und bemühte sich um einen ironischen Abgang: »Ich will Ihnen nicht vorenthalten, dass es inzwischen ein Indiz gibt, das zu Ihren Gunsten spricht. Es gab tatsächlich einen Einbrecher in der Mordnacht. Er hat eine Schreibmaschine und die Portokasse mitgehen lassen.«

»War's das, Herr Kommissar?«, überhörte ich die Ironie und erhob mich schon mal aus meinem Kinosessel.

»Sie können gehen«, sagte er und verabschiedete die Handschellen, die er schon im Kopf gehabt hatte.

»Rufen Sie mich an, wenn Sie sich ein Alibi zurechtgezimmert haben.«

Na bitte, dachte ich halbwegs erleichtert, verabschiedete

mich und begab mich nach oben, um Bauscher Bericht zu erstatten.

Das Chefbüro war durch die Schleuse des Vorzimmers vor dem gemeinen Bürobetrieb geschützt. Hier, vor der ledergepolsterten Tür zum Allerheiligsten, herrschte Bauschers Sekretärin Fräulein Schneidereit. Meinen Status als Stiefsohn achtend, verzichtete sie darauf, mich anzumelden.

Bauschers Büro war entsprechend dem Geschmack unseres Kölner Hauptkunden ausgestattet. Keine Möbel, die von der zukunftsorientierten Einstellung einer modernen Werbeagentur zeugten, nein: Chippendale. So wie die führenden Herren des Konzerns es zu Hause hatten.

Das große Fenster ging zu der Grünanlage auf dem Deutschen Ring hinaus und gab nach links ein Stück Rheinblick frei, wo sich die »Bastei« zum Strom herüberlehnte. Noble Kantine für bevorzugte Kunden, vor oder nach einem Besuch in unserem Hause.

An der gegenüberliegenden Wand des Büros führte eine Tapetentür zu einem freundlich eingerichteten Ruheraum, der mit einer Couch für ein Nickerchen zwischendurch versehen war.

Neben der Fenstertür zum Hof, die auf eine schmale Balkongalerie entlang des Hauses führte, stand ein Stahlschrank, der nicht zum Chippendale-Ambiente des restlichen Büros passte.

Bauscher empfing mich stehend vor seinem aufgeräumten Schreibtisch. »Hat geklappt, Gott sei Dank«, sagte er ohne Begrüßung und streckte mir den Kölner Stadt-Anzeiger entgegen. »Nur eine kurze Notiz im Lokalteil. Mord in Bürohaus. Keine Einzelheiten. Wir werden nicht genannt. Zuverlässiger Mann, der Raschke. Hat sofort gespurt.«

Unüberhörbar Oberleutnant a. D.

Heinrich Raschke war der Leiter der Anzeigenexpedition. Was hieß, dass sich dieser Geschäftszweig der Agentur nicht mit der Gestaltung von Anzeigen beschäftigte, sondern lediglich mit deren Buchung bei den Anzeigenabteilungen der Zeitungen, gegen eine Provision von meist fünfzehn Prozent. Eine einträgliche Sache, die im Kölner Raum durchweg mit beiderseitigem Entgegenkommen abgewickelt wurde.

Dazu gehörte im anstehenden Fall, dass Raschke alarmiert von Bauscher flugs die Anzeigenleiter der Kölner Tageszeitungen angerufen und sie dringlich gebeten hatte, ihre Lokalredaktion von einer ausführlichen Meldung über die Mordtat in unserer Firma abzuhalten. Nur eine kurze Mitteilung bitte, nicht mehr, und es würde weiterhin keine Störung bei der Buchung von Anzeigen der Agenturkunden bei ihrem Blatt geben.

Die Zeitungen hatten verstanden, und Ditas Tod blieb, bis auf einen Zipfel am Rande, unter der Decke.

Peter Bauscher dankte Gott noch ein zweites Mal und bat mich, Platz zu nehmen. Auf dem gewöhnlichen Besucherstuhl vor seinem Schreibtisch.

»Also, was ist rausgekommen bei deiner Einvernahme durch die Kripo?«, fragte er knapp. Das Wort »Verhör« hatte er vermieden. Meine Antwort ließ ich genauso kurz ausfallen:

»Ich fürchte, ich bin immer noch der Hauptverdächtige.«

»Hätte ich mir eigentlich denken können.« Bauscher stützte sein Kinn mit der Hand. »Nicht auszudenken, wenn das bis zu unserem verehrten Hauptkunden durchdringt. Der Stiefsohn von Bauscher als Mordverdächtiger … Ein Horror für diese untadeligen schwarz eingefärbten Herren mit ihren weißen Westen. Pharisäer allesamt! Du musst sehen, dass du da rauskommst, Andreas!«

Unmutig presste er die Lippen zusammen. »Sollen wir dir ein Alibi besorgen? Ist ja wohl machbar in Köln.«

Ich zuckte die Achseln und schwieg. Ein Alibi besorgen? Mal anklopfen bei der Ring-Mafia, wer so was macht? Oder einfach eine Nutte beschaffen, die schwört, in der Mordnacht mit mir im Bett gelegen zu haben?

Vorstellungen hat der Mann, dachte ich und sah zu, wie Bauscher nach seinem dicken Montblanc griff und ihn fahrig auf- und zuschraubte.

Nicht ohne Tücke entschloss ich mich zu einem Schreckschuss: »Der Kommissar wusste von der Sache mit dem Maulwurf.«

Doch das funktionierte nicht, im Gegenteil. Bauscher legte den Montblanc zurück und verfiel eine Weile in nachdenkliches Schweigen.

»Also hat der Kampmann gequatscht«, sagte er dann, »ist aber gar nicht schlecht, dass die das wissen. Der Maulwurf ist doch ganz klar mordverdächtig. Das lenkt den Verdacht von dir ab.« Und dann, mit Nachdruck: »So oder so – du musst den Maulwurf finden, das hat erste Priorität!«

9

Am nächsten Morgen rief ich Viekötter an. Er war gleich am Telefon, im Hintergrund hörte man geschäftiges Murmeln. Ich hätte eine kurze Frage, sagte ich knapp und tat selbstsicher.

»Wenn es dabei bleibt, bitte«, sagte er ungnädig.

»Als Sie von unserem Personalchef erfahren hatten, dass Dita Röder engagiert wurde, um den Maulwurf in unserer Firma ausfindig zu machen, haben Sie das in den Verhören mit den Mitarbeitern erwähnt?«

»Kurze Antwort«, sagte er. »Nein.«

Ich widerstand der Versuchung, ihn darauf hinzuweisen, dass dieser Maulwurf doch wohl der Hauptverdächtige sei, und bedankte mich.

Als ich aufgelegt hatte, betrachtete ich missmutig die beiden Alternativen: Ich konnte versuchen, einen neuen Spitzel zu rekrutieren. Oder mir selbst einen Verdächtigen unter unseren Mitarbeitern ausgucken und mich an ihn ranmachen. Aber da hatte ich die große Auswahl, und das war die Schwierigkeit.

Während der Zeit von Ditas Wirken in der Agentur hatte ich mir kaum Gedanken darüber gemacht, wer wohl der Maulwurf sein könnte. Also würde ich bei null anfangen müssen.

Ich lehnte mich in meinem Bürosessel zurück und versuchte, mein Gehirn auf Trab zu bringen. Doch das war gerade damit beschäftigt, das Bild von Ditas Leiche zu verdrängen, die dort gelegen hatte, wohin ich eben meine Füße streckte.

Ich legte meine Hände auf die Schreibtischkante und drückte meinen Sessel zurück, weg von Dita. Dann stand ich auf und ließ die Agentur hinter mir.

Der Weg bis zum Rheinufer war nicht weit. Ein Stück durch die Grünanlage vor dem Haus, dann über die Straße zur »Bastei«, neben der eine Treppe, auf der es sich gut sitzen ließ, hinunter zum Rhein führte.

Aber der ruhig dahinfließende Strom tat nichts für mein verstörtes Gemüt. Außer dass er mich wünschen ließ, jetzt irgendwo ganz weit weg von hier zu sein.

Doch dann hakten meine Gedanken plötzlich bei Uli Presser ein. Beim Sonntagmittag, an dem ich ihn angerufen und gefragt hatte, ob er eine Idee habe, warum Dita noch so spät in der Agentur gewesen war. War sie heimlich in einem der Büros gewesen, weil sie dort Hinweise auf den Maulwurf vermutete? Oder war sie mit jemandem aus der Agentur verabredet gewesen?

Uli weiß was, hatte ich gedacht, aber da war nichts gekommen. Vielleicht hätte ich doch insistieren sollen.

Das würde ich nachholen, möglichst noch heute.

Zurück in der Agentur klopfte ich bei Kampmann an, weil ich ein anderes Büro haben wollte. Das ginge beim besten Willen nicht, beschied er mich, bei allem Verständnis. Vielleicht sollte ich ein paar Tage zu Hause arbeiten, das wäre doch eine Lösung.

So blieb ich meinem Büro am nächsten Tag fern und lud für den Abend Uli zu mir ein. Sagte, ich brauchte ihn mal zum Reden nach der verdammten Sache mit der Röder, wie ich es möglichst salopp ausdrückte.

***

Uli Presser war ein kleiner, drahtiger Kerl, gelernter Lithograf und ein begabter Maler, des Geldes wegen heute Gebrauchsgrafiker. Ich hatte ihn von Anfang an gemocht. Er stammte aus der kalten Heimat, wie man damals sagte, wenn man von den verlorenen Ostgebieten sprach. Ich vermute, dass er Jahrgang 1925 war. Sein Humor wirkte manchmal etwas absonderlich, beispielsweise wenn er in angeregter Stimmung seine Brieftasche zückte und seine eigene Todesanzeige aus dem letzten Kriegsjahr hervorholte: »Ulrich Presser, gefallen für Führer, Volk und Vaterland«. Veröffentlicht 1944 in seinem Heimatblatt aufgrund eines Schreibstubenirrtums seiner Kompanie. Dass danach die Lacher meist ausblieben, störte ihn nicht.

Er klingelte pünktlich um acht. Als er seinen flotten Trenchcoat abgelegt hatte, sah er sich ungeniert in meinen beiden Zimmern um. Sagte nichts, außer dass er nach der Miete und der Höhe des verlorenen Baukostenzuschusses fragte. Dann besah er sich mein Bücherregal mit der Reihe der RoRoRos und nickte kundig. Danach begann er ein paar meiner Jazzplatten aus dem Ständer zu ziehen und hielt eine davon hoch.

»Billie Holiday. Könnten wir doch sicher mal reinhören. Macht mir immer Gänsehaut, die Stimme.«

Das war der Beginn eines Jazzabends, bei dem mein Kühlschrank beinah leer wurde. Eine Gelegenheit, unverfänglich auf Dita sprechen zu kommen, ergab sich dabei nicht.

Dann, nachdem die letzte Armstrong-Platte in der Leerrille geendet hatte, beugte sich Uli in meinem Besuchersessel vor und stützte die Hände auf die Knie.

»Du willst doch was von mir über die Dita Röder wissen, stimmt's? Hast mich doch am Sonntagmittag angerufen deshalb.«

»Ja, und du hast eine verdächtig lange Pause gemacht, ehe du dich dumm gestellt hast«, sagte ich.

»Richtig«, nickte Uli, »dachte in dem Moment, dass es niemand was anginge.«

»Und was war das?«

»Dass sie nachts mit dem Richie im Fotoatelier rumgevögelt hat.«

Ich ignorierte einen leichten Stich hinter dem Brustbein. »Und woher weißt du davon?«

»Vorigen Monat, als ich für den Waschpulver-Etat einen Haufen Anzeigen fertig zu machen hatte, war ich manchmal noch nach elf oder zwölf allein im Atelier. Nachts ist oft der Fahrstuhl abgestellt, und wenn ich Schluss gemacht hatte, musste ich durchs Treppenhaus am Fotoatelier vorbei. Und da hab ich das mitgekriegt. Waren nicht zu überhören, die beiden.«

»Aber was die Röder in der Mordnacht in der Agentur gewollt hat, darüber weißt du nichts?«

»Nein. Und das mit dem Richie hab ich sonst keinem erzählt. Also lass es dabei. Möchte nicht in die Sache hineingezogen werden. Es sei denn, es entlastet dich irgendwie.«

Fehlanzeige also und keine weiteren Fragen mehr zu Dita.

Gegen zehn oder elf schlug Uli vor, noch eine kleine Runde anzuhängen. Zum Rhein runter, ein bisschen Milieu schnuppern, das fände er ganz lustig.

Würde mir auch Spaß machen, sagte ich und nahm vorsichtshalber den Fünfziger aus meiner Brieftasche.

Der Weg zum Tauzieher am Rheinauhafen war immer noch eine Trümmerschau. Vermooste Schuttberge, Behelfsbauten, dazwischen sparsamer Wiederaufbau. Untergegangen im Bombenhagel, das alte Köln, in dem ich aufgewachsen war.

Wer um diese Zeit hier herumlief, war kein Spaziergänger, der die Abendluft genießen wollte. Kleine Witschgasse, Nächelsgasse, das war der Puffbezirk. Auf dem Holzmarkt, runter zum Tauzieher, wurde von minderjährigem Nachwuchs preisgünstig angeschafft. Gegenüber, am Hafen, war es ratsam, gelegentlich mal hinter sich zu gucken.

Wir blieben an der Theke vom »Schänzgen« hängen, wo sich das Völkchen, das hier zu Hause war, mit den Neugierigen mischte, die sich zum Nuttengucken hierhergetraut hatten. Zwei Kölsch an der Theke langten, um uns auf den Heimweg zu bringen.

Später, zurück in meiner Wohnung, war ich zu faul, die leeren Bierflaschen wegzuräumen, haute mich gleich hin und schlief mit einem wirren Haufen Fragen ein.

Einmal tauchte ein Bild von Dita auf, eins aus unserer Düsseldorfer Zeit. Aber dann kam Morpheus und wischte es weg.

10

War eigentlich nicht alles ganz einfach? Über Nacht hatten sich die grauen Zellen in meinem Hirn entschlossen, den Fall zu lösen.

Während ich mir noch ein Weilchen Bettruhe gönnte, begann plötzlich die Mordnacht vor mir abzulaufen wie ein Film.

Das Bürohaus, still und dunkel. Nur im Fotoatelier mit dem schwarz gestrichenen Fenster ist noch Licht. Hier haben sich Richie und Dita eingeschlossen.

Man trinkt. Es laufen Sexspielchen. Irgendwann gibt es Streit. Wenn Dita unzufrieden ist mit einem Mann, kennt sie kein Pardon.

Wut steigt auf, wird zu Gewalt. Der Griff an Ditas Hals will sich nicht lösen. Sie würgt und röchelt, und dann ist es zu Ende. Das hat Richie nicht gewollt, aber es ist geschehen. Was soll er jetzt tun?

Ditas Leiche muss weg, irgendwo anders hin. In eins der Büros am besten. Dita ist eine zierliche Person, die kann er tragen, kann sie sich einfach über die Schulter legen.

Der Weg durchs Treppenhaus ist nur kurz, die Tür zur Büroetage offen. Da hinten links ist das Büro von Andreas Graff.

Dort hinein und die Leiche ablegen? Ja, das wird er tun. Er tastet sich durch den dunklen Flur, stößt die Tür auf. Hier ist es durch die Straßenbeleuchtung hell genug, um sich zu orientieren.

Ditas Körper ist schwer geworden auf seiner Schulter, will zu Boden gleiten. Er fängt ihn auf und schleift ihn um die beiden Schreibtische herum. Unter denen ist genug Platz, wenn er nur ein bisschen schiebt und drückt.

Gut, dass er sich vorhin Zeit genommen hat, die Leiche wieder anzukleiden. Jetzt reißt er hastig ihren Schlüpfer wieder herunter. So wird niemand daran zweifeln, dass er versucht hat, sie in seinem Büro zu vergewaltigen.

Jetzt muss er noch einmal zurück ins Fotoatelier. Spuren beseitigen. Nichts darf verraten, dass jemand hier gewesen ist. Danach verlässt er das Haus, ungesehen.

So würde ich Viekötter die Ereignisse schildern, wie ich sie sah. Nachher. Nicht am Telefon, sondern persönlich.

Das neue Polizeipräsidium überragte fünfzehnstöckig die teilweise wieder aufgebaute Altstadt, von der nach dem legendären Tausend-Bomber-Angriff vom 30. auf den 31. Mai 1942 kein Stein mehr auf dem anderen gestanden hatte.

Meinen DKW parkte ich auf dem Waidmarkt, gleich gegenüber dem Haupteingang des Präsidiums.

Kommissar Viekötters Büro befand sich ziemlich hoch oben. Dorthin geleitete mich eine streng blickende Dame, die über ihrem strammen Pulli ein Schulterhalfter mit einer Pistole trug.

Viekötter empfing mich ungnädig. Fragte zur Begrüßung, ob ich käme, um mein Alibi nachzuliefern. Was ich als Scherz aufzufassen beschloss.

»Was gibt's dann?«, sagte er, ohne mich anzusehen, und brachte einen Stoß Akten auf seinem Schreibtisch in Unordnung.

Ich ließ ihn warten.

Natürlich durchschaute er den Trick, aber er wirkte.

»Sind Sie gekommen, um mir meine Zeit zu stehlen?«, fragte er schließlich, kurz bevor ich aufgeben wollte.

»Nein, nein«, sagte ich, »Akten sortieren geht vor bei der Mordkommission. Weiß man doch.«

Dass ich ihn dabei freundlich anlächelte, machte die Sache nicht besser. Aber gesagt war gesagt. Missachtung eines Hauptkommissars, fast eine Beamtenbeleidigung.

Wie hatte mein Vater mich einmal genannt? »Andreas Unbesonnen«. Da war es wieder.

Meine Information, dass das Mordopfer und Richie Naujoks ein intimes Verhältnis miteinander hatten, quittierte Viekötter mit einem spöttischen Grinsen.

»Belanglos, Herr Graff«, sagte er dann. »Dieser Fotograf war nicht wählerisch und die Röder auch nicht. Müssten Sie doch eigentlich wissen. Also kein Grund zur Eifersucht. Für beide nicht. Haben Sie sonst noch was zu berichten?«

Hatte ich. Aber die Luft war schon raus nach diesem Schuss in den Ofen.

Trotzdem; immer noch von meiner Vision überzeugt ließ ich den Film vom Tathergang ablaufen, so wie er am Morgen vor meinem inneren Auge abgelaufen war.

Hatte Viekötter meinem Gedankenflug folgen können? Oder wollen?

Ich wartete.

Was dann kam, war dieses: »Sie sind doch Werbetexter, Herr Graff. Ein Beruf, für den man gehörig Phantasie braucht, nicht wahr?«

»Ja«, sagte ich und ahnte den Verriss meines Films.

»Dann sind Sie gewiss der rechte Mann am rechten Ort. Hätten vielleicht auch Polizeikarriere damit machen können. Nur, es gibt da einen Ortsfehler in Ihrer Darstellung.«

»Ortsfehler?« War das Polizeiprotokolldeutsch?

Dann brachte er mich vollends aus dem Konzept und zeigte mir, dass er längst weiter am Fall Dita Röder gearbeitet hatte, als ich angenommen hatte. »Kennen Sie Itzehoe, Herr Graff?«

»Natürlich«, sagte ich, »liegt oben in Norddeutschland. Eine Illustrierte, mit der wir arbeiten, hat da ihre Druckerei.«

»Sehen Sie, und bei dieser Druckerei hielt sich Richard Naujoks in der fraglichen Zeit auf. Im Auftrag Ihrer Agentur. Musste dort einen Anzeigenandruck genehmigen, wie man mir erklärt hat. Glück für ihn, Pech für Sie, Herr Graff.«

Als die kalte Dusche gewirkt hatte, verzog Viekötter sein Gesicht plötzlich zu polizeilichem Wohlwollen.

»Jetzt vergessen Sie mal Ihr Kopfkino«, sagte er. »Es gibt ein neues Ergebnis in Ihrem Fall.«

»Und das wäre?«

»Wir haben ein Alibi für Ihre verschlafene Nacht gefunden.«

Wir? Viekötter war für Überraschungen gut.

»Sie kennen doch Walburga, die Dame, die Ihnen gegenüber in der Alteburger Straße wohnt.«

»Nein, kenn ich nicht«, sagte ich verständnislos.

»Walburga ist eine Dame vom horizontalen Gewerbe«, sagte er, griff nach einer Aktenmappe und schlug sie auf. »Walburga Kesselburg. Fünfundfünfzig. Registriert beim Gesundheitsamt als Prostituierte. Ging ihrem Gewerbe bis vor einem Jahr in der Nächelsgasse nach. Gab ihren Fensterplatz dort aus Altersgründen auf und übt ihre Tätigkeit jetzt in ihrer Wohnung aus. Tut dies anscheinend unauffällig. Keine Beanstandungen aus der Nachbarschaft.«

Viekötter schlug die Mappe zu und sah mich mit hochgezogenen Augenbrauen an. »Eine Nachbarin von Ihnen sozusagen. Und die wollen Sie nicht kennen?«

»Nein«, sagte ich und wusste immer noch nicht, worauf er hinauswollte. »Dass da eine Nutte wohnt, weiß ich schon. Sieht man ja auch, wenn sie spät abends an ihrem Fenster hinter der Gardine sitzt und auf ihre Kunden wartet. Nur dass sie Walburga heißt, das wusste ich nicht. Wieso auch?«

»Also gut«, sagte Viekötter. »Walburga aber kennt Sie. Vom Ansehen.«

»Und?«

»Sind Sie nie auf den Gedanken gekommen, dass wir Sie als Verdächtigen polizeilich behandelt haben? Also auch in Ihrem persönlichen Umfeld ermittelt haben? In Ihrer Nachbarschaft zum Beispiel?«

»Offen gestanden, nein. Hatte auch nicht geglaubt, dass Sie mich ernsthaft als Mordverdächtigen betrachten.«

»Haben wir aber.«

»Und dabei sind Sie auf diese Walburga gestoßen?«

»Richtig. Hätte ja sein können, dass sie mehr über Ihre Gewohnheiten weiß, als Ihnen lieb ist. Stattdessen haben wir herausgefunden, dass sie fast allnächtlich hinter ihrem Fenster auf Spätheimkehrer oder Frühaufsteher wartet, unter denen sie einen festen Kundenkreis hat. Zu Ihrem Glück, Herr Graff.«

Ich begann zu ahnen, was dieses Glück war.

»Zu Walburgas Ärger haben Sie in der fraglichen Nacht Ihr

Auto genau vor ihrem Fenster geparkt. Was ihr den Blick auf die gegenüberliegende Straßenseite und auf mögliche Freier verwehrte, die sie hätte hereinwinken können. Demzufolge waren Sie vor Anbruch der Dunkelheit nach Hause gekommen und hatten das Haus vor dem nächsten Morgen nicht verlassen. Dies hat sie Kriminalassistent Mertens erzählt, der sich weisungsgemäß in Ihrer Nachbarschaft umgehört und Walburgas Aussage zu Protokoll genommen hat.«

Sollte ich »Danke, Herr Kommissar« sagen? Hatte ich doch diesem aufrechten, pflichtbewussten Beamten unrecht getan und ihm sogar eine persönliche Aversion mir gegenüber angedichtet! Ich tat es.

Als ich schon halb durch die Tür war, sagte Viekötter noch, dass ich nicht aufhören solle, nach dem Maulwurf zu suchen. Vielleicht ergäbe sich doch ein Zusammenhang mit dem Mord. Ich hätte da vielleicht bessere Chancen als die Polizei. Seine Telefonnummer wüsste ich ja.

Ich verließ das Polizeipräsidium und beschloss, wieder an Gerechtigkeit zu glauben. Trotzdem wünschte ich mir aus tiefster Seele, Kommissar Viekötter nie wieder begegnen zu müssen.

Was mir nicht vergönnt war, wie sich herausstellen sollte.

11

Kampmann hatte eine Notiz herumgeschickt, worin stand, dass Ditas Leiche von der Polizei freigegeben worden sei und ihre Beisetzung in Düsseldorf-Oberkassel erfolge. Falls es Kollegen gäbe, die teilnehmen wollten, sei Näheres bei ihm zu erfahren. Die Firma würde einen Kranz schicken. Ich beschloss, fernzubleiben. Mein Gewissen hatte auch so genug mit ihr zu tun.

Im Büro hatte ich den überzähligen Schreibtisch, unter dem Dita gelegen hatte, entfernen lassen. Was helfen sollte, die Bilder verblassen zu lassen, die meiner Arbeit abträglich waren.

Bauscher sorgte sich um die demnächst anstehende Präsentation bei unserem Hauptkunden beziehungsweise bei dessen Tochterfirma. Auch diesmal war B+T ebenfalls zu einer Präsentation aufgefordert worden. Also eine Konkurrenzsituation, wie gehabt. Und das Projekt, um das es ging, war ausgerechnet meins: die Anzeigenserie für das neue Deodorant. Was ich dafür zu tun hatte, wusste ich. Bei der Suche nach dem Maulwurf sah ich noch kein Land. Aber die Zeit drängte, hier und dort.

Es war schon die vierte oder fünfte Texas, die ich heute Morgen aus der Packung schnippte. Unschlüssig langte ich über den Schreibtisch und suchte nach der Aufgabenstellung für ODORONOL, das versprach, den Schweißgeruch der Nation zuverlässig zu tilgen. Ich schlug die Mappe auf, entschlossen, endlich mit der Arbeit zu beginnen.

Das Produkt war ein Deoroller, mit dem man das Antitranspirant praktischer und sparsamer auftragen konnte als mit den üblichen Pumpfläschchen. Und, was wichtig war, man konnte den Roller auch unterwegs benutzen, um die Wirkung den ganzen Tag über aufrechtzuerhalten. Dieses mit einem griffigen Slogan dem Publikum zu versichern, war meine Aufgabe, die ich glaubte, bereits im Schlaf gelöst zu haben, in jener

Nacht, als Dita ermordet worden war. Heißen würde er: »Den ganzen Tag wie frisch gebadet«, getreu dem Lehrsatz, dass Werbung ein Versprechen beinhalten sollte.

Was mir als Blickfang für die Anzeigen eingefallen war, schien frech für die moralinsaure Adenauer-Zeit, in der es keine Zeitung wagte, Unverhülltes abzudrucken.

Es trotzdem wenigstens andeutungsweise zu tun, sollte meinen Anzeigen einen größeren Aufmerksamkeitswert verschaffen: eine junge Frau, die, lediglich eingehüllt in ein weißes Badetuch, ungeniert und umgeben von Fahrgästen in der Straßenbahn stand. Einen Arm hochgereckt zu der Halteschleife an der Decke des Wagens, sodass man ihre, selbstverständlich ODORONOL-gesicherte, Achselhöhle sah.

Oder, ein bisschen weniger frech, als badetuchverhüllte Sekretärin im Büro. Ähnliche Motive würden sich anbieten. Aber die sollte sich Richie, unser Fotograf, ausdenken.

Ich gab meinem Bürosessel einen Stoß und rollte ihn vor das Tischchen mit der Schreibmaschine, um den anschließenden Text zu verfassen einschließlich einer Begründung der Konzeption.

Am Mittag zog ich schließlich die dritte und, wie ich fand, überzeugende Fassung aus der Maschine und trat einigermaßen zufrieden ans Fenster.

Unten auf dem Weg, der durch die grüne städtische Anlage führte, schlenderte bereits unsere Belegschaft in lockeren Grüppchen dem Mittagessen zu. Eingenommen wurde es in einer der Gaststätten ringsum, in denen man die Essensmarken einlösen konnte, die von der Agentur als Zuschuss an die Angestellten ausgegeben wurden. Dort saß man ziemlich einträchtig zusammen und rührte zwischen Tagesgericht und Kölsch im Büroklatsch herum.

Obwohl ich mich mit einigen Kollegen duzte, was alters- und branchenüblich war, hielt ich mich von diesen Mittagsrunden fern. Wegen meiner familiären Beziehung zu Bauscher gab es da eine gefühlte Barriere, die mir aber nicht unlieb war. Ich ersparte der Firmenkasse deshalb meinen Zuschuss zum Mittagessen und pilgerte lieber allein zum Eigelstein, meistens zum Brauhaus »Kölsche Boor«, wo nicht nur Deftiges auf der Karte stand, sondern auch einiges für den Geschmack der gehobenen Gehaltsklasse.

In der Mittagsstille waren Schritte auf dem Gang zu hören. Anscheinend ging auch Bauscher zum Essen. Doch das tat er nicht, sondern stand plötzlich in der Tür. Anklopfen gehörte nicht zu seinen Gewohnheiten.

»Du hast doch sicher einen Moment Zeit«, sagte er und streckte mir die Hand hin. »Wollte mal hören, wie du vorangekommen bist. Einmal wegen ODORONOL, und dann natürlich wegen dem Maulwurf. Ist ja eins so wichtig wie das andere.«

Er ließ sich in meinem Sessel nieder und schaute abwartend zu mir hoch.

»Lies am besten selbst«, sagte ich, setzte mich ihm gegenüber auf den Besucherstuhl und schob ihm die drei Blätter mit meiner noch schreibmaschinenfrischen Konzeption zu.

Die nächsten zehn Minuten herrschte Stille zwischen uns. Bauscher hatte sich zurückgelehnt und hielt mein Manuskript vor sich wie ein Pokerblatt. Dann legte er es ab und grinste mich an.

»Nicht schlecht, nicht schlecht. Halb nackte Frau in der Straßenbahn … Fühlt sich den ganzen Tag wie frisch gebadet. Bist schon ein frecher Hund, so was zu riskieren. Sollten wir machen. Gratulation!«

Es tat gut, das zu hören, und machte mir Bauscher fast sympathisch. Stolz beschloss ich, noch ein Argument nachzulegen:

»Ist auch diebstahlsicher, die Kampagne«, sagte ich. »Wenn unser Maulwurf mit der Idee bei B+T anklopft, können sie die nicht einfach abkupfern. Oder genug daran herumbasteln, um sie trotzdem als eigene Arbeit ausgeben zu können. Jede Änderung würde den Gag kaputt machen, und damit wäre die Luft raus.«

Bauscher runzelte die Stirn. »Willst du damit sagen, dass wir aufhören könnten, nach dem Maulwurf zu suchen? Irrtum, mein Lieber! Natürlich kann B+T nicht einfach eine ähnliche Optik und einen ähnlichen Slogan bringen, aber sie könnten den Spieß umdrehen und mit einem Exposé das Vorfeld verminen. Behaupten, dass man sich bei diesem sensiblen Produkt selbstverständlich davor hüten müsse, mit freizügigen Darstellungen zu werben und damit Sittenwächter auf den Plan zu rufen. Was unser Kunde fürchten würde wie der Teufel das Weihwasser. So würde ich es machen, wenn ich B+T wäre. Keine Entwarnung also, was den Maulwurf angeht. Bleib am Ball, Andreas! Tu was!«

Er sah auf seine Uhr, stand auf und klopfte mir auf die Schulter. Als er meine Klause verließ, machte er sich nicht die Mühe, die Tür hinter sich zu schließen. Der Chef.

12

Richie Naujoks hatte neben der Tür zu seinem Fotoatelier einen kleinen Kasten anbringen lassen, in dem immer dann ein rotes Licht brannte, wenn er in seiner Dunkelkammer arbeitete und ein Lichteinfall seine Laborarbeit zunichte machen würde. Obwohl das eigentlich gar nicht passieren konnte, weil die Kammer mit den Vergrößerungsapparaten und den Entwicklerschalen innerhalb des Ateliers durch Zwischenwände abgetrennt war. Genau besehen leuchtete seine rote Lampe auch ein bisschen zu häufig, gemessen an der Menge der Arbeiten, die er zu erledigen hatte. Was den Verdacht nahelegte, dass er seine Arbeitszeit nicht nur der Firma widmete.

Einmal, und das war eine gern erzählte Geschichte, hatte er vergessen, das rote Licht einzuschalten – ausgerechnet als er dabei war, sich mit Fräulein Unterbach, der neuen Sekretärin des Herrn Kampmann, zu vergnügen, der seinerseits wegen eines eiligen Diktats auf der Suche nach ihr war. Kampmann, im Bewusstsein seiner Autorität, öffnete energisch die Tür und erblickte die Unterbach, im Wesentlichen nackt, über Richies Arbeitstisch gebeugt. Hinter ihr, wie er es im Vertrauen Raschke erzählt hatte, außer Atem, unser Hausfotograf. Was zur Entlassung der Dame führte, dem unentbehrlichen Richie jedoch eine Stärkung seines Rufs als großer Verführer einbrachte. Letzteres auch, weil Fräulein Unterbach eine ehemals gekürte Miss von irgendwo oder irgendwas war, die es längst nicht mit jedem tat.

Tatsächlich war Richie ein fähiger Mitarbeiter, der es der Agentur oft ersparte, einen der teuren Werbefotografen auf dem freien Markt zu engagieren. Auch das ein Grund für mich, ihn die Fotos für meine Anzeigen machen zu lassen.

Ein wenig stolz, ihm meine Bildidee vorstellen zu können, verließ ich mein Büro und ging über den Flur hinüber zu seiner rotlichtgesicherten Ateliertür, die aber offen war.

Richie saß an seinem Arbeitstisch, vor sich einen Leuchtkasten, auf dem ein paar Negative lagen, die er durch eine Lupe betrachtete. Als ich näher kam, sah er auf und beeilte sich, den Kasten auszuschalten.

Ich begrüßte ihn und zog mir einen der Klappstühle heran, die neben den Stativen mit Fotolampen und aufgespannten Reflektorschirmen an der Wand des angrenzenden Aufnahmeraums standen.

»Setz dich«, sagte er überflüssigerweise. »Hast du Arbeit für mich? Was Vernünftiges, nicht so einen Kleckerkram wie die ewigen Produktaufnahmen?«

»Hab ich«, sagte ich und erklärte ihm, wie ich mir die Sujets für die Anzeigen vorstellte. Für seinen Geschmack ein bisschen zu ausführlich, wie ich fürchtete. Denn ebenso wie die Grafiker schätzte er genauere Bildvorstellungen wenig, zumal wenn sie von einem Schreiberling wie mir kamen. So klang dann auch ein wenig Unwillen mit, als er zugeben musste, dass er meine Bildidee gut fand.

»Trifft sich eigentlich ganz gut, dass du jetzt damit rausrückst«, sagte er und grinste anzüglich. »Nachher kommt sowieso eins von den Mädels, die ich an der Hand habe. Mit der mache ich dann schon mal ein paar Probeaufnahmen. Ohne Hintergrund natürlich. Nur wegen der Haltung und ob das mit dem Badetuch hinhaut, so wie du dir das vorgestellt hast. Kannst du dann morgen angucken.«

Zurück in meinem Büro sah ich mit Schrecken, dass auf meinem Schreibtisch die Unterlagen für den Geschäftsbericht unseres Waschmittelkunden lagen, den ich in lesbare Form zu bringen hatte. Arbeit für die nächsten Stunden, trocken wie die Wüste Gobi.

Später, als ich meinem Diktafon die Schlafmütze übergestülpt hatte und nach Hause gefahren war und unlustig mein Abendbrot vertilgt hatte, überkam mich die Erkenntnis, dass mir nähere Gesellschaft fehlte, und zwar weibliche.

Der Weg zum Dau, Ecke Ulrichgasse, war nicht weit. Dort würde mich Harri, der Mixer der »Bobby-Bar«, erfreut begrüßen. Diese war das Pendant zum »Tabu«, wo sich das freche junge Volk traf, und der »Romantika« am Hildeboldplatz, wo man bei Foxtrott und Tango bessere Gesellschaft mimte.

In die »Bobby-Bar« ging man zum Tanz mit eigener Dame, zu dem die kleine Kapelle im Saal aufspielte, einmal stündlich unterbrochen vom Auftritt einer Schönheitstänzerin, die am Schluss ihrer Darbietung kurz ihren Busen zeigen durfte und dann eilig ihre Schleier zusammenraffte und im Hintergrund verschwand.

Gleich hinter dem Eingang aber gab es die Bartheke, an der man hängen bleiben konnte, wenn man damit nichts im Sinn hatte. Hier ließ man sich lässig auf den hohen Barhockern nieder, nicht unbedingt zum Aufreißen oder Aufgerissenwerden, sondern auch um gesprächsweise nette Leute kennenzulernen. Die Bar war außerdem ein bevorzugter Aufenthalt für Damen, die solo kamen und sich scheuten, allein an einem der kleinen Tische Platz zu nehmen, die um die Tanzfläche gruppiert waren.

***

»Lange nicht gesehen«, sagte Harri, als ich mich auf die kurze Bank setzte, die über Eck zum Tresen stand. »Bin gleich für Sie da.«

Damit wechselte er zum anderen Ende der Bar hinüber, wo, mit je einem Hocker Abstand zu zwei schüchtern wirkenden Herren, eine einzelne Dame saß, die ihr leeres Cocktailglas gerade in Harris Richtung geschoben hatte.

Keine aufregende Person, dachte ich und überlegte, ob sich vielleicht dennoch eine Anbahnung lohnen würde. Sie war recht groß und hatte ein schmales, auffallend blasses Gesicht, das schlicht von halblangem blondem Haar eingerahmt wurde. Als sie zu mir herübersah, nickte ich ihr höflich zu und beließ es dabei.

Harri kam zu mir zurück und brachte gleich mein Übliches mit, ein Bier im Silberbecher, wie das an der Bar so üblich war.

»Die ist so was wie eine Kollegin von Ihnen«, sagte er leise und beugte sich zu mir herüber, »ist auch in der Werbebranche, macht Marktforschung in dieser Agentur am Salierring.«

Agentur am Salierring? Das war B+T!

Ich hätte mich ohrfeigen mögen in diesem Moment. Warum war ich nicht längst darauf gekommen, den Spieß umzudrehen? Mich an B+T heranzumachen, um mir bei denen gleichfalls einen Zuträger zu suchen? Oder zumindest jemanden, der sich auf geschickte Weise ausfragen ließ.

Vielleicht jemanden, der gerade fünf Hocker weiter saß?

Die Kapelle im Saal hatte eben den »Blueberry Hill« verlassen und begann mit der »American Patrol«, als Harri wieder zu mir herüberkam.

»Die Dame lässt fragen«, sagte er leise, »ob der Herr gern tanzen würde.«

Tanzen, das war nicht gerade meine Leidenschaft, aber dies war ein Wink des Schicksals.

»Aber ja«, sagte ich, rutschte von meiner Bank und begegnete einem leicht ironischen Blick. Hielt die mich für schüchtern?

Eine leichte Verbeugung, wie einst in der Tanzstunde gelernt, und eine Vorstellung nur mit dem Vornamen, was schon mal gleich ein Schritt weiter war, wie ich hoffte.

Sie hieß Brigitte und tanzte die »American Patrol« ein wenig zu sportlich für meinen Geschmack, eher Boogie als Swing. Was sich beim anschließenden »Moon River« änderte, der mir ihr Haar näher brachte, das sehr hübsch duftete und mich an mein Schlafzimmer denken ließ.

Wir blieben bis kurz vor Mitternacht. Ihr Heimweg zum Ubierring führte an meiner Wohnung vorbei. Worauf ich beim Gehen durch die laue Nachtluft frühzeitig hinwies, um langen Überlegungen vor der Haustür vorzubeugen.

»Ja, warum nicht«, sagte sie, als ich mit dem Hausschlüssel klimperte, wenn ich vielleicht eine Flasche Sprudel oben hätte?

Brigitte neigte nicht nur beim Tanzen zu einer sportlichen Gangart, was mir erst nicht so recht gefiel, dann aber doch.

Als ich am Morgen aufwachte, wuselte sie bereits in meiner kleinen Küche herum und war freundlich und lieb, jedoch nicht zu sehr.

Über das, was wir beruflich machten, hatten wir bislang kein Wort verloren. Und damit wurde es langsam Zeit, wenn ich meinen hinterhältigen Plan verwirklichen wollte.

Doch beim Frühstück fing sie selbst damit an, über ihre Arbeit zu reden. Wie interessant die wäre. Marktforschung, das sei mehr als Nasen zählen, was manche von den Kreativen in der Agentur gern behaupteten. Und sie selbst beschäftige sich ja auch mit dem qualitativen Sektor, wenn ich wüsste, was damit gemeint sei.

Doch, sagte ich, das wüsste ich, und fand es an der Zeit, mit der Wahrheit herauszukommen. Cheftexter bei der WERBAG sei ich, wobei ich den Chef dazumogelte.

Texter bei der WERBAG? Gute Agentur. Besser als ihr Brötchengeber, meinte sie. Ihre Anstellung bei B+T sei aber trotzdem eine sichere Sache.

Dann, als sie mit der letzten Marmeladenschnitte fertig war, sah sie auf die Uhr über meiner Küchenspüle und meinte, dass sie sich beeilen müsse, sie hätte um zehn ein Arbeitsgespräch in der Agentur.

Abgelaufen die Zeit, in der ich Gelegenheit gehabt hatte, zur Sache zu kommen, ärgerte ich mich. Ich würde mich um eine neue Verabredung mit ihr bemühen müssen. Woran mir sehr gelegen war, wenn ich an die vergangene Nacht dachte, und weil sie doch überhaupt ein Mädchen war, mit dem man sich gerne sehen lassen würde. Und könnte nicht vielleicht auch mehr daraus werden?

Nur: Es schien ihrerseits wohl genug gelaufen zu sein seit dem Tänzchen in der »Bobby-Bar«. Was eingestandenermaßen kein Kompliment für Andreas Graff war.

»Ruf mich mal an«, sagte Brigitte und vergaß mitzuteilen, unter welcher Nummer. Dann schlüpfte sie in der Diele unter ihr schickes Cape und war schon halb aus der Tür, als sie mir noch über die Schulter zuwarf: »Übrigens, von deinen Kollegen hab ich mal einen kennengelernt bei uns. Guter Typ, ein Grafiker. Heißt Rico oder so.«

13

Reichte die Zeit noch, um den Bock zurückzupfeifen, den ich zum Gärtner gemacht hatte?

Gestern, am frühen Nachmittag, hatte ich Richie für ODORONOL eingewiesen. So ziemlich bis ins Einzelne. Wie die Bilder aussehen sollten und wie der Slogan lautete – sogar eine Zusammenfassung mit der Begründung der Konzeption hatte ich ihm dagelassen.

Gleich um neun stand ich vor der Tür des Fotoateliers, die natürlich noch verschlossen war, weil Richie selten pünktlich in der Agentur erschien. Was er immer leicht mit fachlichen Besorgungen außer Haus erklären konnte.

Ich würde ihm eine Nachricht an die Tür hängen.

Zurück in meinem Büro nahm ich ein Blatt von meinem Schmierpapierblock und holte mir einen dicken Filzschreiber aus der Schublade.

In großen Buchstaben schrieb ich: »Ruf mich an wegen Änderung ODORONOL. Dringend!«

Wenn er vorhatte, heute mit meinem Konzept zu B+T zu gehen, würde ihn das sofort stoppen. Und selbst wenn er bereits gestern mit B+T gesprochen hatte, würde das die Bombe nachträglich unschädlich machen.

Dann suchte ich nach einem Tesa-Roller und fand keinen und wurde immer nervöser. Schließlich borgte ich mir einen im Büro nebenan, wo ich Fräulein Jansen bei ihrem Lore-Roman keineswegs störte.

Als ich mich auf den Weg machte, um den Zettel an Richies Tür zu heften, stieg gerade Bauscher aus dem Aufzug und ging zu seinem Büro mit abwesendem Gesicht an mir vorbei. Der Mann hatte Sorgen.

Ich überlegte, ihm nachzugehen, um ihm zu berichten, dass ich den Maulwurf gefunden hatte. Aber dazu wollte ich zuvor Richie in die Zange genommen haben. Also ließ ich es und nahm die Treppe.

Wieder im Büro hielt mich der Text für den Geschäftsbericht an der Schreibmaschine fest. Dabei musste ich ein paarmal daran denken, wie lächerlich einfach meine Suche nach dem Maulwurf zu Ende gegangen war. Eigentlich ohne mein Zutun, wenn ich die Nacht mit Brigitte abrechnete.

Um fünf hatte Richie noch immer nicht angerufen. Von einer Krankmeldung wusste Kampmann nichts, aber damit hatte Richie sowieso nicht viel im Sinn. Und zu Hause hatte er angeblich kein Telefon.

Ich musste etwas unternehmen, wenn ich nicht zusehen wollte, wie mir die Felle davonschwammen.

Richie wohnte nicht weit von der Agentur entfernt in der Ritterstraße. Ich ließ mir von Kampmann die Hausnummer geben und machte mich zu Fuß auf den Weg.

Richies Wohnung lag zwischen Plankgasse und Eintrachtstraße, wo zwischen den Neubauten und den wenigen Häusern, die den Bombenkrieg überstanden hatten, noch immer Trümmerberge lagen. Ein trostloses Viertel, bedrückend vor allem, wenn man wusste, welche Rolle die Ritterstraße während der Nazizeit gespielt hatte, als man hier in sogenannten Judenhäusern jüdische Familien zusammenpferchte, ehe man sie in die Vernichtungslager abtransportierte.

Nur ein Stück weiter stand auf der Ecke das Hansa-Gymnasium, von wo aus ich als Schüler die Menschen mit ihren gelben Judensternen gesehen und es hingenommen hatte, wie alle anderen.

Ich gab mir Mühe, die Gedanken daran abzuschütteln, und suchte nach Richies Hausnummer. Es gab ein paar wiederaufgebaute Häuser, die aber fast ebenso schäbig wirkten wie die stehen gebliebenen. Ziegelsteine als Flickwerk in den neuen Mauern, denen man ansah, dass sie aus dem Trümmerschutt stammten.

Richie wohnte ziemlich armselig. Ausgetretene Steinstufen im Hauseingang, eine ehemals mit Schnitzereien verzierte, notdürftig ausgebesserte Tür. Kein Klingelbrett mit Namen, sondern neben- und übereinander einzelne Drücker mit aufgeklebten Namensschildchen. Ganz oben seiner, aus dem lose ein Draht heraushing.

Ich drückte trotzdem mehrmals und wartete auf ein Summen, das nicht kam.

Plötzlich stand jemand hinter mir und tippte mir auf die Schulter.

»Wollen Sie zu dem da, dem Richie?«

Die Stimme gehörte einer rundlichen Frau mit Kittelschürze, die mich freundlich ansah.

»Ja, wollte ich. Die Klingel scheint aber kaputt zu sein. Ich geh einfach mal rauf, wenn Sie mich reinlassen.«

»Dat können Se sich sparen. Der is weg. So vor 'ner halben Stunde unjefähr.«

Dann, nachdem sie mich mit schief gelegtem Kopf gemustert hatte: »Sie sehen ja janz ordentlich aus, nit wie die Kääls, die öfter zum Richie wollen, die Zocker, mit denen der verkehren tut und die Geld von ihm wollen. Ich jeb Ihnen 'nen Tipp, für den Fall, dat Se noch mal wiederkommen wollen: An der Tür hier brauchen Se nur dreimal janz kurz hintereinander janz fest zu drücken, dann jeht die auf. Gucken Se – so!« Womit sie sich an mir vorbeidrückte, im Hausflur verschwand und noch einmal verschwörerisch zurückgrinste.

Zocker, die zu Richie wollen? Was hieß das? War Richie ein Zocker? Verkehrte er in den einschlägigen Kneipen im Friesenviertel mit den Typen, die bekanntlich nicht vor Gewalt zurückschreckten, wenn einer Spielschulden hatte?

Spielschulden, die Richie im Nacken saßen. Der Grund, warum er sich an B+T verkauft hatte?

Auf dem Weg zurück zum Büro zerbrach ich mir den Kopf, von wem ich mal gehört hatte, dass Richie ein Spieler sei. Von Uli Presser? Der war eigentlich der Einzige, mit dem ich gelegentlich über Kollegen sprach.

Ich würde ihn fragen. Am besten gleich. Wenn er meinen Verdacht bestätigte, hätte ich Richie gegenüber ein Druckmittel mehr in der Hand, um ihn zu einem Geständnis zu bringen.

Auf dem Weg zurück zur Agentur verfiel ich ein paarmal in Laufschritt. Unnötigerweise, wie ich wohl wusste, es aber dennoch tat.

Im Atelier gab es gerade ein Scharmützel zwischen einem der Kundenberater und Atelierleiter Faber. Dr. Gärtner, der den Magenbitter-Etat betreute, hatte Ärger mit seinem Kunden, den er eben an die Grafiker weitergab.

Im Hintergrund stand Uli Presser an seinem Arbeitstisch und hantierte mit einer Spritzpistole. Ich drückte mich an den Streithähnen vorbei und wartete, bis er das Ding weglegte und ich ihn fragen konnte, ob er ein paar Minuten Zeit für mich hätte, ich würde in meinem Büro auf ihn warten.

Er erschien ziemlich bald und hatte es eilig.

»Ganz kurz nur, Uli«, sagte ich. »Kann es sein, dass Richie Naujoks ein Zocker ist?«

»Aha«, sagte Uli feixend, »hat er dich jetzt auch angepumpt? Wegen Spielschulden oder war es diesmal die Miete? Wegen dem Geld brauchst du dir aber keine Sorgen zu machen. Richie zahlt immer alles gleich zurück, wenn er wieder bei Kasse ist. Das geht bei ihm auf und ab, wie das so ist bei den Zockern. War's das?«

Ich nickte, und weil ich nicht sagen wollte, warum ich mich für Richies Finanzen interessierte, griff ich zum Telefon, obwohl ich im Augenblick keinen Grund hatte, irgendwen anzurufen. Aber da war Uli bereits halb aus der Tür.

Auf jeden Fall musste ich noch heute versuchen, Richie zu Hause zu schnappen. In einer Stunde vielleicht. Wenn er noch nicht zurückgekommen war, hieß es eben warten.

Ich stellte mich ans Fenster meines Büros und schaute hinaus, wo der Himmel mit dunklen Wolken drohte. Gegenüber am Straßenrand stand mein DKW. Der würde es mir bequem machen, Richies Haustür im Auge zu behalten. Einfach in Sichtweite parken und Geduld haben. So wie man das aus Kriminalfilmen kannte.

Weiter an meinem Geschäftsbericht zu arbeiten hatte ich keine Lust. Ich setzte mich wieder und steckte die Beine unter den Schreibtisch. Dahin, wo Dita gelegen hatte.

Ich hätte doch auf einem anderen Büro bestehen sollen, dachte ich. Immer wieder dieses Schuldgefühl, für das es doch eigentlich keinen Grund gab. Hatte ich etwa ahnen können, dass dieser Job, zu dem ich sie überredet hatte, eine Todesfalle war? Und war es vielleicht eine Zumutung für sie gewesen, sich in das Vertrauen von Kollegen einzuschleichen und dafür zu kassieren? Das war doch eine Sache, die nicht weit entfernt lag von den Aufträgen, die sie für diesen Skandalreporter erledigt hatte. Kein Grund also, sich darüber Gedanken zu machen. Schließlich hatte sie auch mein Vertrauen missbraucht, damals in Düsseldorf, als sie mir auf dem Kopfkissen Dinge über einen Freund entlockte, die diesen fast ins Gefängnis brachten.

Es würde Viekötter gelingen, die Umstände zu klären, die sie ihrem Mörder hatten begegnen lassen. Nicht meine Angelegenheit, dachte ich und hörte mit der Grübelei auf. Für heute.

14

Als ich einen Parkplatz schräg gegenüber von Richies Haus gefunden hatte, begann es zu regnen. Also blieb ich erst einmal im Wagen sitzen. Sollte Richie inzwischen zurückgekommen sein, jedoch wieder weggehen wollen, konnte ich ihm mit dem Auto folgen und ihn auf der Straße stellen, die Tür aufhalten und ihn dringend bitten, einzusteigen.

Die Regentropfen auf der Windschutzscheibe machten es schwierig, die andere Straßenseite zu beobachten. Das hieß, immer wieder die Wischer laufen zu lassen.

Einmal erschien eine Frau, geduckt unter einen Regenschirm, die im Haus verschwand und noch einmal kurz heraustrat, um den Schirm auszuschütteln. Dann tauchte ein Mädchen auf, das sich in der Türnische unterstellte und sich die Jacke über den Kopf zog, ehe es wieder losrannte. Ansonsten blieb die Straße leer. Als der Regen schließlich nachließ und in ein Fisseln überging, erschien ein Mann, der mit der Tür Bescheid wusste und ruckzuck im Haus verschwunden war.

Ich wartete noch ein paar Minuten, bis es ganz aufhörte zu regnen, dann stieg ich aus und ging hinüber zur anderen Straßenseite.

Der Trick mit der Tür funktionierte. Als sie hinter mir zufiel, stand ich für einen Moment ohne Orientierung da und tastete nach einem Drücker für die Treppenbeleuchtung, die zwar anging, aber ziemlich spärlich war.

Die Fliesen auf dem Boden hatten Sprünge und hochstehende Kanten, die mich gegen einen herrenlosen Putzeimer stolpern ließen. Von oben drang Rudi Schuricke mit seinen Capri-Fischern herunter. Es roch nach Sauerkraut.

Ich stieg die ausgetretenen Treppenstufen hinauf, die unter meinen Schritten leise ächzten. Auf jeder Etage gab es zwei Wohnungstüren, deren Namensschilder sauber geputzt waren und sich bemühten, im trüben Treppenlicht zu glänzen.

Richie Naujoks wohnte im vierten Stock, der vermutlich ein ausgebautes Dachgeschoss mit schrägen Wänden war. Als ich auf dem zweiten Stock angekommen war, hörte ich von oben Schritte nahen.

Nach der nächsten Biegung kam mir auf dem Treppenabsatz der Mann entgegen, der vorhin so eilig das Haus betreten hatte. Er drückte sich hastig und mit halb abgewandtem Gesicht an mir vorbei, dennoch konnte ich eine Hasenscharte unter seinem Schnäuzer erkennen. Lange dunkle Haare hingen bis über den Kragen seiner schwarzen Lederjacke, den er hochgeschlagen hatte.

Die vierte Etage schien Richie allein zu gehören, denn es gab nur eine Wohnungstür. Auf ein Namensschild hatte er verzichtet, ebenso auf eine Klingel. Als ich klopfte, gab die Wohnungstür nach. Ich rief halblaut »Richie« und bekam keine Antwort.

Ich drückte die Tür ganz auf und kam in einen schmalen Flur, in dem an einem einzigen Haken ein halbes Dutzend Jacken und Mäntel hing. Dahinter öffnete sich ein verhältnismäßig großer, durchgehender Raum.

Ich rief noch einmal nach Richie und sah mich um. Links standen Gerätschaften eines Fotoateliers herum, im Hintergrund gab es eine schmale Tür, augenscheinlich zu Richies privater Dunkelkammer.

Dann wandte ich mich nach rechts, wo der Raum als Wohnung eingerichtet war.

Richie lag rücklings auf dem Boden, beide Arme zur Seite ausgestreckt. Aus seinem halb geöffneten Mund drang blasiges Blut. Sein Hemd hatte auf der Brust einen tiefdunklen Fleck, der sich langsam ausbreitete. Als ich mich über ihn beugte, sah er mich aus halb erloschenen Augen an und röchelte Worte, die ich nicht verstand.

Ich hatte in unserer Flakstellung nach einem Bombenangriff Kameraden sterben sehen und wusste, was ein letzter Atemzug war. Dieser hier, nach dem das Blut aufhörte, aus Richies Mund zu fließen, war ein solcher.

Ich beugte mich wieder über Richie, um an seinem Hals

nach dem Puls zu fühlen. Aber da war das Blut, vor dem ich zurückschreckte.

Ich musste die Polizei rufen.

Mir fiel ein, dass Richie immer behauptet hatte, kein Telefon zu besitzen, was ich ihm allerdings nie geglaubt hatte. Immer noch verstört, machte ich mich auf die Suche danach.

Richie hatte ein zerwühltes Bett hinterlassen. Auf einem Klapptisch lagen die Reste seines Frühstücks. Ein angeschnittenes Graubrot und eine angebissene Scheibe Schwarzbrot mit bröckeligem Käse. Seine letzte Tasse Kaffee hatte er nicht mehr austrinken können.

Ich brauchte wenig Zeit, um mich in seinem Wohnbereich umzusehen. In dem Bücherregal unter der schrägen Wand reihten und stapelten sich Fachbücher und Bildbände und eine stattliche Anzahl amerikanischer Johnny-Liddell-Krimis. Anstelle eines Kleiderschranks gab es einen Kaufhausständer auf Rollen.

Das Telefon stand auf der ausgeklappten Platte eines altmodischen Sekretärs. Ich verlangte die Mordkommission und hoffte, nicht bei Viekötter zu landen. Doch das tat ich.

»Andreas Graff. Ich möchte einen weiteren Mord melden.« Dumm formuliert. Klang forsch, was ich nicht vorgehabt hatte.

Pause. Schreibmaschinengeklapper im Hintergrund.

»Einen, der zu dem Mord an der Röder passt«, ergänzte ich.

»Wie meinen Sie das?«

»Es ist wieder ein Mitarbeiter aus unserer Agentur. Richie Naujoks, unser Hausfotograf. Ich habe ihn gefunden.«

Viekötter ersparte sich und mir weitere Fragen.

15

Der Kommissar kam wieder mit derselben Mannschaft.

Diesmal war der Polizeiarzt gleich dabei, der sich sofort mit Richie beschäftigte und bekannt gab, dass der Tod erst kürzlich eingetreten sei, schätzungsweise vor weniger als einer Stunde.

Viekötter war mehr als argwöhnisch. Keine Spur mehr von Entgegenkommen, wie noch vor Kurzem in seinem Büro. Ich konnte förmlich sehen, was er dachte: *Dieser Andreas Graff, der jetzt neben der Leiche steht und es vermeidet, auf sie hinunterzusehen, hat sowohl den Mord an der Röder als auch diesen hier entdeckt. Und beide Male standen die Ermordeten in Verbindung mit seinem persönlichen Umfeld. Womöglich gibt es da eine undurchsichtige Beziehung zu beiden Opfern. Gründe genug, ihn scharf anzupacken.* Ich machte mich auf eine neue Tonart gefasst.

Er winkte mich ziemlich schroff zu sich heran und steuerte auf den Tisch im Hintergrund zu, an dem er zwei Stühle zurechtrückte und sich mir gegenübersetzte.

»Sie behaupten also, den Mörder gesehen zu haben.«

»Ja.«

»Und das war wann?«

»Vor ungefähr einer Stunde.«

»Und wo? Genau bitte!«

»Auf dem Treppenabsatz des dritten Stocks.«

»Und warum sind Sie überzeugt, dass es der Mörder war?«

»Weil der Mann erst ein paar Minuten vor mir in das Haus ging, was ich aus meinem Auto heraus beobachten konnte. Und weil er mir knapp zehn Minuten später auf der Treppe entgegenkam. Und versuchte, sein Gesicht abzuwenden.«

»Sie haben den Mann aber trotzdem genau gesehen. Können Sie ihn beschreiben, ihn gegebenenfalls identifizieren?«

»Ja, vor allem weil er eine Hasenscharte hat, was ja ziemlich selten ist.«

»Eine Oberlippenspaltung also. Weitere Merkmale?«

»Mittelgroß, lange dunkle Haare, südländischer Typ, trug eine schwarze Lederjacke.«

Viekötter überlegte einen Moment und sah mich prüfend an.

»Glauben Sie, dass auch er Sie wiedererkennen würde?«

»Möglich, warum fragen Sie?«

»Es könnte sein, dass der Mann ein Killer war. Und die neigen dazu, zufällige Zeugen ebenfalls zu erledigen. Auch später noch.«

»Heißt das, dass ich mich in Gefahr befinde, gleichfalls umgebracht zu werden?«

»Ja, durchaus. Wenn Sie mir kein Märchen erzählt haben, sollten Sie in Zukunft gut auf sich aufpassen.«

Hier hätte ich insistieren sollen. Aber dazu ließ er mir keine Zeit.

»Sagen Sie mir, warum Sie erst in Ihrem Auto sitzen geblieben sind und das Haus beobachtet haben, anstatt gleich zu Naujoks hinaufzugehen.«

»Weil ich nicht nass werden wollte«, erklärte ich schlicht und fürchtete, dass ihn mein Ton verärgern würde.

Doch dann quäkte im Wohnraum ein Sprechfunkgerät und rief Viekötter zu seinen Leuten hinüber. Nach ein paar Minuten kam er zurück und fuhr ohne Punkt und Komma fort:

»Erzählen Sie mir, warum Sie Naujoks aufsuchen wollten.«

»Es war geschäftlich.«

»Und das hätte nicht bis morgen warten können?«

»Nein. Keinesfalls.«

Viekötter zog die Augenbrauen hoch und wartete auf mehr. Wenn ich weiter maulfaul blieb, würde er es mir ankreiden. Was übel wäre in meiner Situation. Also sagte ich, was ich lieber verschwiegen hätte:

»Ich hatte herausgefunden, dass Naujoks der Maulwurf war, den wir suchten.«

In Viekötters Kopf blätterten sich ein paar Aktenseiten zurück. »Sie meinen den Unbekannten, hinter dem Sie nach dem Tod der Röder selbst her waren?«

»Genau den. Es bestand die Gefahr, dass Naujoks eine neue

Werbekonzeption, die ich entwickelt hatte, wiederum an unsere Konkurrenz verkaufen würde. Und das möglicherweise schon bevor ich ihn an seinem Arbeitsplatz hätte zur Rede stellen können.«

Viekötter schwieg eine Weile und versuchte offensichtlich wieder einmal, sich in der wunderbaren Welt der Werbung zurechtzufinden. Dann schüttelte er den Kopf und schrieb etwas in sein Notizbuch.

»Nur mal interessehalber, Herr Graff«, sagte er dann, »wie haben Sie ihn ausfindig gemacht, Ihren Maulwurf?«

So gestand ich ihm, dass mein Kommissar Zufall eine Frau gewesen war, und erzählte ihm von der »Bobby-Bar« und vom Frühstück am Morgen danach, wo der Maulwurf plötzlich einen Namen bekommen hatte.

Viekötter nickte beifällig und verbiss sich ein Grinsen.

»Sie sagten eben, dass Ihr angeblicher Mörder ein südländischer Typ war. Ein Italiener wahrscheinlich?«

»Könnte hinkommen«, sagte ich. »Warum?«

»Die Mordwaffe, die neben der Leiche lag, ist ein Stilett. Ein kurzer Dolch mit einer stabförmigen Klinge. Beliebt bei Mafia-Killern. Damit genügt ein einziger Stoß an der richtigen Stelle. Keine Metzelei, kurzer Todeskampf und aus. Merkwürdig, dass er sie zurückgelassen hat. Muss wohl gehört haben, dass Sie die Treppe heraufkamen, und ist in Panik geraten.«

Ich versuchte, die Vorstellung loszuwerden, wie Richie unter dem tödlichen Stich zusammenbrach, und wünschte mich zurück in mein Auto, wo ich den Zündschlüssel drehen und losfahren würde, fort von diesem Desaster, in das ich immer tiefer hineingeriet:

Bauscher, der mich im Griff hatte. Dita, die ich in die Todesfalle gelockt hatte. Richie, der Judas, der jetzt keine drei Meter entfernt von mir in seinem Blut lag. Und spürte ich nicht bei Viekötter den Verdacht, dass ich für beide Morde zumindest der Urheber gewesen war?

Inzwischen hatte sich Viekötter wieder hinüber zu seinen Leuten begeben und begutachtete die Markierungen neben der Leiche, die nun mit geöffnetem Hemd und blutverschmierter Brust dalag und fotografiert wurde.

»Sie können jetzt gehen«, sagte er und sah zur Tür hinüber. »Oder ist noch was?«

»Ja«, antwortete ich, »da ist noch etwas, das Sie wissen sollten. Naujoks war ein Zocker, der sich immer wieder von Kollegen Geld leihen musste, um Spielschulden zu bezahlen.«

Viekötter nahm es zur Kenntnis. Mehr nicht. Ganz der Kommissar, der selbst wusste, wo er nachzuforschen hatte. Immerhin verabschiedete er mich einigermaßen freundlich, vergaß aber nicht, mich aufzufordern, morgen im Präsidium zu erscheinen, um mich erkennungsdienstlich behandeln zu lassen.

»Fingerabdrücke, Sie verstehen. Hätten wir eigentlich schon längst machen sollen.«

16

Ich bin kein ängstlicher Mensch. Aber ich hatte Viekötter noch deutlich im Ohr: »Killer neigen dazu, Zeugen ebenfalls zu erledigen. Auch später noch.«

In Zukunft fürchten zu müssen, dass irgendwo eine Kugel auf mich wartete oder ein Messer gewetzt wurde, das würde mich auf die Dauer fertigmachen.

Meine Nerven begannen schon zu flattern, als ich Richies Wohnung verlassen hatte und im Treppenhaus das Licht ausging. Was in einem Mietshaus völlig normal war. Aber konnte nicht schon hier der Mann mit der Hasenscharte auf mich lauern, um den Zeugen zu beseitigen, der ihn irgendwann identifizieren würde?

Lächerlich. Oben die Polizei im Haus und dazu die Gefahr, dass jeden Moment ein Hausbewohner erscheinen konnte, der den Mülleimer runterbringen wollte. Oder ein Berufstätiger, der nach Hause kam, den Wohnungsschlüssel schon in der Hand. Das würde der Killer nicht riskieren.

Ich riss mich zusammen und fand den Lichtschalter auf dem nächsten Treppenabsatz.

Ich begann zu überlegen, was der Killer tun würde, um herauszubekommen, wer ich war und wo ich wohnte. Wahrscheinlich das: draußen auf mich warten, um mir dann bis zu meiner Wohnung zu folgen. In der ich dann keine Minute mehr vor ihm sicher sein würde.

Ich stellte mir vor, wie er irgendwo auf der Straße Posten bezogen hatte. In einem Hauseingang vermutlich. Oder hinter einem der Büsche, die auf dem Trümmergrundstück an der nächsten Ecke wucherten.

Was sollte ich tun? Ihn einfach ignorieren und durch die Stadt pilgern, bis ich einen Laden fände, der einen zweiten Ausgang hatte, um ihn dann trickreich abzuschütteln? Er konnte ahnen, was ich vorhatte, und mir zu dicht auf den Fersen bleiben. Auch waren die Geschäfte jetzt bereits geschlossen.

Ich lehnte mich über das Treppengeländer, sah in den Flur hinunter und dachte, dass dieses Haus doch einen Hof haben musste, wo im Allgemeinen die Mülltonnen standen. Und eine Tür dorthin.

Es gab sie. Aber sie war verschlossen.

Mir fiel ein, dass alte Häuser im Keller meist eine Waschküche hatten, von der aus Stufen hinauf in den Hof führten.

Nach der Tür zum Keller brauchte ich nicht lange zu suchen. Wie üblich war sie am Ende des Flurs unter der Treppe. Und sie war offen.

Ich fand den Lichtschalter und tastete mich die brüchigen Stufen hinab. Unten war ein kleiner Vorraum mit einem zugemauerten Durchbruch zum Nachbarhaus, wie er im Krieg vorgeschrieben gewesen war. Rechts die Ecke herum öffnete sich ein Gang, in dem die Lattenverschläge der Hausbewohner lagen. An seinem Ende war die Waschküche. In ihrer Mitte ein ummauerter Kochkessel aus alten Tagen und an der Wand zwei Waschmaschinen mit einem Münzautomaten darüber. Vor der einen stand ein Korb mit Schmutzwäsche.

Es gab auch die erwarteten Stufen hinauf zum Hof. Und die Tür davor war nur angelehnt.

Der kleine Hof war von verhältnismäßig hohen Mauern umgeben, zwischen denen Leinen gespannt waren, auf denen Wäschestücke hingen. An der hinteren Mauer war an eisernen Abstandhaltern eine Teppichstange angebracht.

Ich drehte mich um und musterte die Rückwand des Hauses, dessen Parterrefenster in Augenhöhe auf den Hof hinausgingen. Hinter einem brannte bereits Licht, die beiden anderen sahen blind und dunkel aus, wie auch die Fenster der oberen Etagen.

Über die Mauer zu kommen schien mir kein Problem zu sein, zumal neben der Hoftür eine ganze Batterie Mülltonnen stand. Ohne mir groß Gedanken über den Lärm zu machen, zerrte ich eine von ihnen an die linke Mauer, hinter der auf der anderen Seite ein Baum stand. Was mich vermuten ließ, dass dort ein unbebautes Grundstück war, das an die Straße grenzte.

Ich kletterte auf meine Tonne und sah über die Mauerkrone. Wenn ich an dieser Stelle hinüberkletterte, würde mir der Baum Deckung geben und mich vor verwunderten Blicken von der Straße her bewahren.

Die Kletterpartie würde allerdings meiner Hose und den brandneuen Slippern nicht gut bekommen.

Ich ergriff die obere Mauerkante und holte mir einen Schnitt im Handballen. Der erste Klimmzug misslang, doch dann bekam ich das rechte Knie gut nach oben. Wobei ich mir wie erwartet den linken Slipper ruinierte, mit dem ich Halt an der Mauer suchen musste.

Dann lag ich bäuchlings auf der Mauerkrone und sah durch das Blattwerk des Baums hinüber auf die Straße, die am Grundstück vorbeiführte. Ich hatte meinen Fluchtweg richtig geplant.

Als ich von der Mauer hinuntergesprungen war, fuhr auf der Straße langsam ein schwarzer Leichenwagen vorüber. Der für Richie?

Mein Plan war, nach links bis zum Ende des unbebauten Grundstücks zu gehen und von dort aus auf die Straße zu gelangen, wo schräg gegenüber mein Auto stand.

Doch kaum hatte ich den Fuß auf die Straße gesetzt, sah ich ihn. Hasenscharte stand auf der Ecke zur Querstraße und sah nach rechts hinüber, wo ich aus der Haustür gekommen wäre, wenn ich nicht die Flucht über den Hof angetreten hätte.

Jeden Moment konnte er sich umdrehen und mich entdecken.

Ich zog mich hinter einen Rest der ehemaligen Hausfassade zurück. Sollte ich darauf warten, dass er irgendwann die Geduld verlieren und verschwinden würde? Das aber hieße, mich auf diesem vermüllten und von Grünzeug überwucherten Trümmergrundstück für eine unbestimmte Zeit einzurichten. Keine Vorstellung, die mir behagte.

Also einfach einen Sprung-auf-marsch-marsch wagen und über die Straße spurten? Ziemlich riskant.

Während ich noch überlegte, näherte sich auf meiner Straßenseite ein Trupp Bauarbeiter, etwa ein Dutzend Männer in Arbeitskleidung. Würde ich in meinen besseren Klamotten auffallen, wenn ich mich unter sie mischte?

Als die erste Rotte vorbei war, zögerte ich nicht länger, trat auf die Straße und nahm ihren Schritt auf. Dabei nach hinten zu sehen traute ich mich nicht.

Jetzt blieb nur noch das Problem, quer über die Straße zu meinem Auto zu kommen. Als mich einer der Männer ansprechen wollte, scherte ich aus und bemühte mich dabei um einen sorglosen Schlendergang.

Zwanzig, dreißig Schritte noch, und ich war bei meinem DKW.

Ich schloss auf und ließ mich hinters Steuer fallen. Jetzt hatte ich den Mann im Rückspiegel und sah, dass er zu meinem Auto herüberblickte.

Hatte er schon vorher in meine Richtung geschaut und mich erkannt? Dann blieb mir nur die Hoffnung, dass er nicht genug Zeit gehabt hatte, mein Autokennzeichen zu notieren.

Wenn doch, würde er nicht länger als vierundzwanzig Stunden brauchen, um beim Straßenverkehrsamt meine Identität und meine Adresse herauszubekommen. Um mich über kurz oder lang ins Jenseits zu befördern.

So gesehen blieb mir noch eine einzige ruhige Nacht.

Ich startete und fuhr los und hatte nur diesen einen Gedanken:

Ich brauchte eine Pistole.

***

Köln hatte eine Unterwelt, die diesen Namen verdiente. Da musste es doch möglich sein, an eine Waffe zu kommen. Aber wie?

Helmut Schlawizek!

Der würde sich auskennen, entsprechende Kontakte haben. Und ich wusste, wo er zu finden war. Im »Tabu« oder im Friesenviertel.

Vorher nach Hause zu fahren hatte ich keine Lust. Außerdem wollte ich, auch wenn ich keinen Appetit verspürte, etwas essen, ehe ich loszog, um Helmut zu finden.

Ich suchte mir einen Parkplatz in der Friesenstraße und ging zum »Päffgen«, das eine Zeit lang mein zweites Wohnzimmer gewesen war.

So gerne ich in Düsseldorf gelebt hatte, das Alt in den Kneipen war nie mein Fall gewesen. Als ich dann wieder in Köln wohnte, hatte ich mich von meiner Kölsch-Abstinenz vorzugsweise im »Päffgen« erholt.

Wie immer war es schon am frühen Abend voll dort. Ich suchte mir einen freien Tisch im hinteren Teil der Gaststube und hoffte, allein an ihm bleiben zu können.

Ich bestellte Speckpfannenkuchen und ließ mein drittes Kölsch halb voll stehen, um den Köbes zu bremsen.

Dieser irre Tag, der hinter mir lag! Am Morgen der kühle Abschied von Brigitte. Eigentlich schon ein Frust. Dabei verpasst die Gelegenheit, sie anzuheuern. Oder wenigstens auszuhorchen.

Aber dann, einfach zwischen Tür und Angel, der Hammer: Ich hatte den Bock zum Gärtner gemacht!

Gelinde Panik. Hatte Richie meine Konzeption bereits verschachert? Oder blieb mir noch Zeit, es zu verhindern?

In der Agentur vergeblich auf Richie gewartet.

Schließlich der Versuch, ihn zu Hause aufzuspüren.

Dann der Horror: Richie in seinem Blut, hingestreckt wie am Kreuz. Sein letzter Atemzug, die geröchelten Worte, die ich nicht verstanden hatte.

Doch alles das war nichts im Vergleich zu der Tatsache, dass ich von nun an um mein Leben fürchten musste. Was für eine Bilanz an diesem Abend, umgeben von Stimmen und Lachen, Stühlerücken und Tellergeklapper.

Auf der Bank am Nebentisch hatte jemand den Stadt-Anzeiger liegen gelassen, den ich mir rüberholte.

»Wirtschaftliche Sensation: Der erste Kölner Supermarkt wird eröffnet« – »Bundesgartenschau lockt Tausende in den Rheinpark.« – »Gerling Konzern wächst weiter« – »Erster Autoschalter in Köln ist schusssicher verglast«.

Wie auf die letzte Schlagzeile hin bestellt, stand plötzlich Helmut Schlawizek neben mir und klopfte mir auf die Schulter.

»Setz dich«, sagte ich, »fühl dich eingeladen. Oder bist du verabredet?«

Er war es nicht und schien sich zu freuen, mich zu sehen, und gleich war es wieder, als hätten nicht acht Jahre zwischen seinem unrühmlichen Schulabgang und unserem Wiedersehen im »Tabu« gelegen. Wieder gingen die Geschichten von gestern hin und her und rückten mit jedem Kölsch ein Stück näher an die Gegenwart heran. Zuletzt erzählte Helmut kenntnisreich vom Ganovenkrieg auf den Kölner Ringen, und das gab mir das Stichwort:

»Ich brauche eine Pistole, Helmut.«

Für einen Moment vergaß er, sein Glas wieder auf den Deckel zurückzusetzen. »Und wer soll umgebracht werden?«

»Ich.«

»Will dich einer kaltmachen?«

Ich nickte.

»Und warum?«

»Ich habe einen Mord entdeckt und den Mörder gesehen.«

»Du denkst, der ist jetzt hinter dir her und will dich abknallen?«

»Genau.«

»Deshalb willst du eine Pistole, um ihm zuvorzukommen?«

Ich zuckte die Achseln. »Jedenfalls will ich mich wehren können.«

»Und wieso kommst du zu mir und glaubst, dass ich dir einen Ballermann besorgen kann?«

Ich grinste. »Weil ich dich kenne. Und weil ich bei unserer Kneipentour gesehen habe, dass du im Milieu zu Hause bist.«

Helmut grinste zurück, doch dann wurde er ernst. »Nehmen wir mal an, ich könnte dir eine Pistole besorgen. Und es käme dazu, dass du von ihr Gebrauch machst. Ich würde mir ewig Vorwürfe machen, dir geholfen zu haben, hinter Gitter zu kommen. Vielleicht sogar wegen Totschlags, weil das so eine Sache ist mit dem Notwehr-Paragrafen. Warum gehst du nicht einfach zur Polizei? Oder hast du Dreck am Stecken?«

»Die Polizei weiß bereits, dass mich der Killer erkannt haben könnte. Der Kommissar hat mir sogar gesagt, dass ich in Zukunft auf mich aufpassen soll. Killer neigten dazu, unliebsame Zeugen zu beseitigen.«

»Mehr nicht? Kein Polizeischutz?«

»Nein. Und jetzt weißt du auch, warum du mir eine Pistole besorgen sollst.«

Helmut wiegte den Kopf und brauchte noch ein Kölsch. Ich sah ein, dass ich ihm jetzt die ganze Geschichte erzählen musste. Angefangen bei Dita über das ganze weitere Desaster bis heute, wo der Maulwurf ein Stilett zwischen die Rippen gekriegt hatte und ausgerechnet von mir aufgefunden worden war.

Tatsache war, dass ich nicht nur eine Pistole brauchte, sondern auch einen Freund, der sich auskannte im Milieu: Helmut, der mir gegenübersaß und sich kein Wort entgehen ließ.

17

Wie erwartet, hatte ich eine unruhige Nacht. Obwohl ich wusste, dass der Killer noch nicht herausbekommen haben würde, wo ich wohnte. Trotzdem, ich wurde immer wieder wach und sah das Gesicht mit der Hasenscharte vor mir. Und das von Richie, dem das Blut aus dem Mund floss.

Einmal, so gegen vier, stand ich auf und holte mir ein Bier aus dem Kühlschrank, das nach belegter Zunge schmeckte und erst auch nicht müder machte, schließlich aber doch.

Einen Wecker hatte ich aus Prinzip nicht, ein Relikt aus meiner Düsseldorfer Zeit. Bauscher würde vom neuen Mord in der Firmengeschichte noch früh genug erfahren. Als Erstes waren die Fingerabdrücke dran.

Mein Frühstück kaute ich lustlos herunter. Nur Kaffee machte ich mir zweimal mehr als sonst.

Dieses Scheißspiel! Nachher wieder in dieses verdammte Polizeipräsidium, wo auf der zwölften Etage dieser ehemalige Schupo hauste, der mich nicht ausstehen konnte und nur darauf lauerte, mir einen Mord anzuhängen – am besten indem er meine Fingerabdrücke auf dem Stilett finden würde.

Ich parkte wieder gegenüber dem Haupteingang, wo der Parkplatz vom letzten Mal frei war, als sei er für mich bestellt gewesen.

Als ich nach Viekötter fragte, war der Herr Kommissar nicht für mich zu sprechen. Statt seiner erschien eine graue Maus in einem grauen Kittel und brachte mich in einen fensterlosen Raum, auf dessen Tür »Aufnahme« stand wie in einem Krankenhaus.

»Bitte hierhin«, sagte die graue Maus und wies auf einen Labortisch an der Längswand. Neben ihm auf einer Drehscheibe ein Stuhl, rechts und links von Fotolampen flankiert.

Wollte die Fahndungsfotos von mir machen? Eins von vorn, zwei von der Seite, wie man sie von Steckbriefen her kannte?

Als ich Luft holte, um zu protestieren, fasste sie mich am Ellbogen und sagte: »Wir machen nur Fingerabdrücke« und schien dabei ein leises Lachen zu unterdrücken.

Als ich mich umdrehte, um zu sehen, was die Polizei hier ansonsten für mutmaßliche Delinquenten bereithielt, sah ich den Polizisten, der grinsend in der Ecke stand: bewaffnete Sicherheit für die graue Maus, die jetzt ein Set aus Stempelkissen und Papierhalter auf dem Tisch zurechtrückte.

Dann sagte sie: »Erst Hände waschen« und klang wie früher unser Kindermädchen Adele. Dabei zeigte sie auf ein Waschbecken neben dem Labortisch. Ich tat wie befohlen.

Meine Finger drückte sie dann zunächst probeweise auf das Stempelkissen und dann mit sicherem Griff noch einmal, bevor sie ein amtlich vorgedrucktes Blatt in den Papierhalter schob und meine Abdrücke verewigte.

Dann lächelte sie mich an und sagte: »Danke schön« und sah plötzlich richtig hübsch aus mit ihren blauen Augensternen, die sie vorher versteckt gehalten hatte. Hinausgeführt wurde ich von dem Polizisten.

Hatte ich noch zu warten?

Anscheinend nicht. Doch dann tippte mir in der Eingangshalle jemand auf die Schulter.

»Sind Sie auch wegen dem armen Richie hier?«, fragte die Frau, die mir am Tag zuvor den Trick mit der Haustür gezeigt hatte. Richies Nachbarin, die nicht glaubte, dass ich zu den Zockern gehörte, die immer Geld von ihm haben wollten.

»Ja«, sagte ich. »Und Sie?«

»Der Herr Kommissar, der wollte mich wegen den Zockern sprechen. Ob ich die wiedererkennen würde. Aber da war ich vorsichtig. Hab nix jesagt. Wer will da schon reinjezogen werden?«

Viekötter arbeitete schnell, das musste man ihm lassen. Hatte so getan, als hätte er meinen Hinweis auf die Zocker und die Spielschulden von Richie überhört. Tatsächlich aber war er sofort darauf angesprungen und wahrscheinlich längst dabei, die Kölner Zockerszene aufzumischen.

Frau Winkelmann, so hieß Richies Nachbarin, hätte mit mir gern noch ein wenig über Einzelheiten der Mordtat geplaudert. Doch dem konnte ich halbwegs höflich durch die Vortäuschung größter Eile entgehen und machte mich im Laufschritt auf den Weg.

In der Firma ging ich als Erstes zu Kampmann und informierte ihn über das Vorgefallene. Wenn er noch genügend Haare gehabt hätte, er hätte sie sich gerauft. *Zweiter Mordfall in Kölner Werbeagentur.* Diese Rufschädigung, wenn das erst in der Zeitung stand! Und dann die Unruhe in der Firma, nicht auszudenken!

Ich versuchte ihn damit zu beruhigen, dass der Mord ja nicht in der Agentur passiert sei, sondern in Richies Wohnung. Und den Täter würde man im Zockermilieu suchen und keinesfalls bei uns. Er solle sich einfach nur bedeckt halten, wenn man ihm auf die Pelle rücke, das sei mein Rat.

Dann rief ich Bauscher zu Hause an, der verschlafen klang. Jedenfalls schien er von Richies Tod nicht sehr beeindruckt zu sein. Schließlich sei das Privatsache, wenn sich einer wegen seiner Zockerei ermorden ließ. Dass ausgerechnet ich ihn gefunden hatte, sei zwar eine unangenehme Sache, für die Firma aber doch wohl ohne Bedeutung. Nur dass Naujoks auch unser Maulwurf gewesen war, erstaunte ihn hörbar. Dann sagte er für heute sein Erscheinen in der Firma ab, weil er Privates zu erledigen habe.

Kampmanns Befürchtung wegen der Beunruhigung im Hause traf zu. Entsetzen und Trauer vor allem bei den Damen, von denen mehrere auch Tränen vergossen. Eine wollte sofort kündigen, was Kampmann mit Mühe verhinderte.

Im Atelier ruhte zeitweise die Arbeit, weil immer neue Verdachtsmomente diskutiert wurden. Von mir erwartete man eine genaue Schilderung der Ereignisse am Tatort, die ich notgedrungen lieferte.

Am Nachmittag rief Helmut an. Ich solle so gegen acht zu ihm in die Wohnung kommen, er habe das Verabredete. Kostenpunkt: drei Blaue.

Als sich die Besuche von Kollegen in meinem Büro verlaufen hatten, wurde es Zeit, wieder an die Arbeit zu gehen. Wobei als Erstes die Frage auftauchte, ob Richie meine Konzeption bereits an B+T weitergegeben hatte.

Ganz kurz blitzte der Name Brigitte in meinem Kopf auf. Aussichtslos, sie danach fragen zu wollen. Erstens weil ihr vermutlich nicht der Sinn nach einer neuen Verabredung mit mir stand, und zweitens weil man sie bestimmt nicht sogleich mit der Arbeit an einer gestohlenen Idee betraut haben würde.

Ich würde also einfach weitermachen, als sei nichts geschehen. Aber dazu musste ich wissen, ob Richie bereits die versprochenen Probeaufnahmen gemacht hatte. Ich ging zu Kampmann und ließ mir den Schlüssel zum Fotoatelier geben.

Den Zettel mit meiner Nachricht für ihn hatte man entfernt. Als ich den Schlüssel ins Schloss steckte, spürte ich ein Frösteln im Nacken. Ich würde mich zusammennehmen müssen.

Das Fotoatelier war stockdunkel. Ringsum schwarz gestrichene Wände und Fenster, Tageslicht hatte hier keine Chance. Ich fand den Lichtschalter und schloss die Tür hinter mir.

Ich hatte Richie oft bei der Arbeit zugesehen. Beim Fotografieren, was er weniger schätzte, und auch in der Dunkelkammer.

Ich sah mich um in seinem schwarzen Reich und fühlte mich plötzlich fremd, als sei ich zum ersten Mal hier.

Längs an der Wand stand sein Arbeitstisch. Daneben drei Metallschränke und eine halb hohe Konsole mit Schubladen. Im hinteren Teil des Ateliers eine Art Panzerschrank, in dem er seine Hasselblad-Kamera und eine Leica unter Verschluss hielt. Dort standen, breitbeinig wie Soldaten, Stative herum, beschirmt von aufgespannten Reflektoren. In einer Ecke drängten sich Klapptische und Hocker und eine plastikbespannte Couch.

Hier hatte er seine letzten Aufnahmen gemacht und dann alles gewissenhaft aufgeräumt. Als hätte er geahnt, dass er nicht mehr zurückkommen würde.

Ich gab mir einen Ruck und überlegte, wo ich mit der Suche nach den Probeaufnahmen beginnen sollte. Wenn er sie denn gemacht hatte, wie ich hoffte. Sie würden vermutlich nicht großformatig sein, also irgendwo in einem der vielen Fächer der Schränke liegen.

Auf dem Schubladenschrank standen nebeneinander Archivkästen. Ich öffnete den ersten und fürchtete, dass ich eine Sisyphusarbeit vor mir hatte. Es waren hundert oder mehr Abzüge, die da durcheinanderlagen. Ich begann mutlos in ihnen herumzublättern. Dann aber sah ich, dass es ausschließlich Aufnahmen von Produkten waren. Flaschen, Fläschchen, Dosen, Tiegel, Tuben, Packungen und, ganz obenauf, der neue Deoroller für meine Anzeigen.

Ich öffnete die beiden anderen Kästen, von denen der letzte einen ansehenswerten Inhalt hatte: Aufnahmen der Mädels, die Richie »an der Hand« hatte, wie er sich ausgedrückt hatte. Wahrscheinlich war eins von ihnen das Modell für die ODORONOL-Fotos gewesen. Wo aber waren die?

Blieb nur noch die Dunkelkammer.

Die abgestandene Luft darin roch nach Chemie. Das Licht aus der Tür fiel auf die beiden Vergrößerungsgeräte, die ihre Köpfe über die Arbeitstische neigten wie Roboter. Quer durch den Raum spannte sich eine Schnur, an der ein paar großformatige Negative zum Trocknen hingen.

Ich tastete an der Wand über den Schalen mit den Entwicklerbädern nach den Lichtschaltern und erwischte den für das Rotlicht. Dann fand ich den für das Deckenlicht und löschte das Rot, das mir plötzlich unangenehm war.

Fotos lagen keine herum, und in der Trockenpresse glänzte nur blankes Metall.

Es schien, als habe Richie sein Versprechen nicht gehalten. Oder hatte er die Aufnahmen gemacht und sie gleich B+T übergeben?

Ich ging zurück ins Atelier. Hatte ich eine Möglichkeit übersehen, hier nach den Aufnahmen zu suchen?

Mein Blick fiel auf den schmalen Schubladenkasten unter dem Arbeitstisch. Ich setzte mich in Richies Stuhl und bückte mich zu dem Kasten hinunter. Die obere Schublade enthielt Schreibzeug. Hauptsächlich Stifte, Heftklammern, Rollen mit Tesafilm und einen billigen Füllfederhalter.

In der nächsten verwahrte Richie sein Handwerkszeug. Eine aufklappbare Lupe. Eine Papierschere. Messer und Abdeckfarbe. Alles, was er so brauchte, wenn er Negative bearbeitete.

Die unterste Schublade war abgeschlossen, aber nur halbherzig. Als ich kräftig an ihr rüttelte, gab sie nach und polterte auf den Boden. Während ich versuchte, sie wieder in ihre Halterung einzuschieben, fiel mein Blick auf eine Mappe, die unter der Schublade gelegen hatte.

Ein Geheimfach?

Unter einigen, augenscheinlich privaten Schreiben sah ein Bogen mit Kontaktabzügen eines Kleinbildfilms hervor, der mich neugierig machte. Ich nahm ihn heraus und öffnete die Büchse der Pandora.

Zwei Etagen höher holte ich die Klapplupe heraus und stellte sie über die Bilder.

Als ich mich darüberbeugte, sah ich Zuckerpuppe Dita und Chef Bauscher. Nackt und beim Sex. Insgesamt fünfmal, in diversen Positionen.

Ich schluckte.

Bei meiner Suche auch auf Sexfotos zu stoßen, hätte mich nicht gewundert. Und wäre Dita mit irgendwem auf den Bildern zu sehen gewesen, hätte mich das auch kaum schockiert. Aber mit Bauscher?

Dass ein Chef eine Angestellte bumste, war doch eigentlich nichts Besonderes, sagte ich mir. Warum also stieg mir plötzlich die Galle hoch?

Weil mich seine Nacktheit anwiderte? Weil er meine Mutter betrog?

Oder weil er mir im Sessel meines Vaters gegenübersitzen durfte und Macht über mich hatte? Vielleicht alles das zusammen.

Ich faltete den Kontaktbogen zusammen, schob ihn mitsamt

des angehefteten Negativstreifens in meine Jackentasche und vergaß die Aufnahmen, nach denen ich gesucht hatte.

Wie hatte Richie diese Bilder machen können? Über das Warum brauchte ich mir keine Gedanken zu machen: Bauscher sollte erpresst werden, was sonst.

Ich holte den Kontaktbogen wieder aus der Tasche und klappte die Lupe noch einmal auf.

Das Interieur war eindeutig. Bauschers kleiner Ruheraum hinter seinem Büro, ausgestattet mit der Couch für ein Nickerchen zwischendurch.

Hatte dort, raffiniert versteckt, eine Kamera gestanden? Oder vielleicht hinter der Fenstertür? Dort gab es diesen schmalen Balkon, der an der Rückwand des Gebäudes entlanglief.

Konnte Richie von dort aus die Bilder geschossen haben? Ich stellte mir den Grundriss des Hauses vor und überlegte.

Eigentlich musste es auch im Fotoatelier ein Fenster zum Hof hinaus geben, das, wie die beiden anderen gegenüber, mit schwarzer Farbe zugestrichen war.

Ich faltete den Kontaktbogen wieder zusammen und steckte ihn ein. Dann inspizierte ich die linke Wand des Ateliers.

Dort war kein Fenster zu sehen, sondern eine hellblaue Papierwand, die von einer langen Rolle herabhing, welche an der Decke befestigt war. Neben ihr lehnten weitere farbige Rollos an der Wand. Hintergründe für Fotoaufnahmen, wie es sie in fast jedem Atelier gab.

Ich fand die zugehörige Schnur und zog die Wand hoch. Dahinter war eine Fenstertür, die man nicht nur schwarz gestrichen, sondern zusätzlich an den Rändern mit Klebeband abgedichtet hatte. Sie abzureißen stellte kein Problem dar. Ebenso wenig wie der Fenstergriff, der sich ohne Schwierigkeiten drehen ließ.

Ich blickte hinaus und sah kein Gegenüber. Da war nur das unbebaute Grundstück, das bis zur nächsten Straße reichte. Wie erwartet, lief auch hier an der Hauswand der Balkon entlang. Richie würde keine Schwierigkeiten gehabt haben, ihn als Schleichweg zu benutzen. Aber ich wollte es genauer wissen.

Der schmale Balkon war ein unsinniger Einfall des Architekten gewesen. Wer für eine Zigarettenpause auf ihn hinaustrat, musste sich schlank machen wie ein Hering.

Jeweils auf Breite der dahinterliegenden Büroräume war er durch hüfthohe Drahtglasscheiben unterteilt. Vom einen Ende bis zum anderen verlief eine Blende aus schmutzigen, ehemals gelben Kunststoffplatten. Gerade hoch genug, um vor Blicken von unten verborgen zu sein, wenn man sich bückte. Die verdreckten Fliesen auf dem Boden waren noch glitschig vom letzten Regen.

Ich hoffte, dass die Büros der Kundenberater, deren Fenster auf den Balkon hinausgingen, um diese Zeit nicht mehr besetzt waren, und machte mich auf den Weg.

Ich überstieg die erste Trennscheibe und warf einen vorsichtigen Blick in das Büro von Dr. Gärtner, dem Kundenberater für unseren Magenbitter-Etat. Doch der war längst auf seinem Tennisplatz in Rodenkirchen. Erfreulicherweise waren auch die nächsten Büros leer, vermutlich pünktlich um fünf Uhr verlassen.

Jetzt war es sechs. Um welche Zeit war Richie hier entlanggeschlichen? Mit Sicherheit sehr viel später, als es bereits dunkel gewesen war.

Wie die Fotos zeigten, hatten die beiden es bei hellem Lampenlicht getrieben. Was, meiner deutlichen Erinnerung nach, Ditas Vorliebe entsprach.

Vor der Fenstertür von Bauschers Ruheraum ging ich in die Hocke. Keine Frage, von hier aus hatte Richie freies Schussfeld gehabt. Sein einziges Risiko war es gewesen, von innen gesehen zu werden. Angesichts dessen, was sich im Raum abgespielt hatte, allerdings ein geringes. Zumal er, wie der Kontaktabzug des Filmstreifens bewies, seine handliche Leica benutzt hatte, die er am ausgestreckten Arm halten konnte.

Wie war es dazu gekommen, dass Dita sich mit Bauscher eingelassen hatte? Und wann? Zur gleichen Zeit, als sie mit Richie Naujoks zusammen gewesen war? Ich verschob die Frage auf später und brachte den Rückweg hinter mich. Es wurde Zeit für das Treffen mit Helmut.

Drei Blaue, hatte er gesagt. Nicht grade wenig, dachte ich

und überschlug meine augenblicklichen Finanzen. Ich würde einen Vorschuss brauchen.

Kampmann war noch in seinem Büro und hatte gerade das Tagesgeld im Tresor eingeschlossen.

»Vorschuss?«

Wie immer tat er so, als sei es sein eigenes Geld, das er herausrücken sollte. Und das noch nach Feierabend. Knurrend meinte er, dass es endlich Zeit würde, Bankautomaten zu erfinden, an denen man jederzeit selbst Geld von seinem Konto abholen könnte. Einfach mit einer persönlichen Geheimzahl oder Ähnlichem.

Drei blaue Scheine für eine Pistole, die meine Lebensversicherung sein sollte. Was bei Licht besehen lächerlich war. Wollte ich etwa Tag und Nacht die Hand am Pistolengriff haben? In jeder dunklen Ecke einen Hinterhalt vermuten? Nachts bei jedem fremden Geräusch unter das Kopfkissen greifen?

Es würde mir nichts anderes übrig bleiben.

18

Helmut Schlawizek wohnte am Klingelpütz, in einem der neuen Häuser, die man auf den Trümmergrundstücken um das alte Gefängnis herum errichtet hatte. Eine Gegend mit Geschichte, wenn man bedenkt, dass in diesem finsteren Bau seit dem 19. Jahrhundert Tausende von Häftlingen eingesperrt gewesen waren und er im letzten Krieg als zentrale Hinrichtungsstätte der Rheinprovinz gedient hatte. So zu lesen letzthin im Stadt-Anzeiger, in einem Artikel über das fröhliche Treiben an der Nordseite des Gefängnisses, wo sich ständig Freunde und Angehörige der Häftlinge versammelten und durch »lautes Rufen und Winken« den Frieden der achtbaren Bürger störten. Das aber vom inneren Wall aus und nicht von dort, wo Helmut wohnte.

Ich parkte eine Ecke weiter und blieb eine Weile hinter dem Steuer sitzen. Das schmutzige Spiel, dem ich auf die Spur gekommen war, verstörte mich mehr, als ich mir eingestehen wollte. Sollte ich mit Helmut darüber reden? Es könnte helfen, klarer zu sehen, dachte ich und stieg aus.

Das Haus, in dem er wohnte, überraschte mich mit einer modernen Gegensprechanlage. Ich drückte auf den Knopf neben seinem Namen und wartete. Nach einigen Sekunden meldete sich eine Frauenstimme und fragte, ob ich der Andreas sei. Überrascht sagte ich Ja und wartete auf den Summer, der nicht kam.

Stattdessen ging die Tür auf, und es erschien eine Rotblonde, die sich Mühe gab, auszusehen wie Rita Hayworth.

»Helmut wartet schon auf dich«, sagte sie und drückte sich an mir vorbei, nicht ohne mich zu streifen. Winkte noch einmal zurück und stöckelte davon. Wohnte Helmut mit ihr zusammen?

Die nächste Überraschung war der Aufzug im Haus, ein ungewöhnlicher Luxus in einem Mietshaus am Klingelpütz. Als ich auf dem dritten Stock angekommen war, stand Helmut bereits in der offenen Tür seiner Wohnung und grinste breit.

»Das war Amanda. Strippt im ›Habanera‹ und hat im Augenblick keine passende Bleibe. Aber man hilft ja gern. Komm rein.«

Helmuts Wohnung war richtig gut eingerichtet. Modern. Die Möbel bestimmt bei Pesch gekauft. Eine glatte Couch von Tecta, der Fernseher von Braun, keine Schrankwand, sondern Bücherregale zum Aufhängen. Sogar ein Eames-Sessel. Alles klasse bis auf die Tütenlampe in der Ecke, vielleicht ein Geschenk von Vati und Mutti.

Ich absolvierte den fälligen Rundgang im Raum und machte aus meiner Anerkennung keinen Hehl.

Womit verdiente Helmut sein Geld? »Ankaufen, verkaufen, Sachen anleiern«, hatte er damals im »Tabu« gesagt. Ich würde nicht weiter fragen. Hauptsache, er hatte die Pistole.

Ganz der alte Scherzbold, stand er plötzlich in der Tür und hatte sie in der Hand. Er richtete sie auf mich und sagte: »Peng, du bist tot.«

Ich bemühte mich um ein lockeres »Haha« und grinste halbherzig.

Dann setzte er sich mir gegenüber und legte die Pistole auf den Couchtisch.

»Beretta 7.65, hat garantiert keine Vergangenheit. Kommt frisch aus Italien, wo ein Kumpel von mir sie einfach im Waffengeschäft kaufen konnte. Wollte sie erst nicht hergeben, aber ich hatte was gut bei ihm.«

Ich nickte dankbar, griff nach meiner Brieftasche und legte meinen Vorschuss auf den Tisch, den Helmut lässig einstrich.

»Na, willst du sie nicht mal richtig ansehen?«, sagte er fast ein bisschen enttäuscht und schob mir die Pistole zu. »Ist doch ein schönes Stück. Irgendwie elegant, lässt sich auch gut tragen.«

Pflichtschuldig nahm ich die Beretta in die Hand und ließ das Magazin herausspringen, das gefüllt war. Ich zog den Schlitten zurück, um nachzusehen, ob auch keine Patrone im Lauf steckte.

»Komm, wir probieren sie mal aus«, sagte Helmut.

»Ausprobieren? Wo? Hier?«

»Klar. Unten im Keller. Hab ich schon mal gemacht.« Damit nahm er mir die Beretta aus der Hand und schob das Magazin wieder hinein. »Eine Schachtel Munition ist übrigens im Preis inbegriffen. Also komm!«

Wir fuhren mit dem Aufzug hinunter und mussten dann noch eine Treppe in den Keller nehmen, der noch aus alten Zeiten stammte. Er hatte die Zerstörung des Hauses überdauert und diente dem Neubau als Fundament. Ähnlich wie bei dem Haus, in dem Richie gewohnt hatte, reihten sich auch hier die Verschläge der Hausbewohner aneinander, nur dass sie nicht durch simple Latten, sondern durch Drahtgitter voneinander getrennt waren.

Helmuts Keller war der letzte in seiner Reihe. Er schloss ihn auf, ging vor und räumte ein paar Kisten und ein Schränkchen zur Seite.

In der hinteren Ecke lagen zusammengeschnürt drei dicke Stapel alter Zeitungen, die er mit dem Fuß anstieß.

»Unser Schießstand«, sagte er und grinste. »Hier im Haus regt sich keiner auf, wenn es im Keller mal rummst.«

Dann drückte er mir die Pistole in die Hand und trat zurück.

»Du als Erster, ist ja deine. Und ziel nicht zu hoch.«

Ich kam mir vor wie mit vierzehn, als wir auch in irgendwelchen Kellern mit Pistolen, die einer besorgt hatte, solchen Unsinn angestellt hatten.

Ich entsicherte, zog den Schlitten zurück und schoss. Klingeln in den Ohren und stechender Pulverdampf. Die Waffe war in Ordnung. Ich gab sie Helmut zurück und sah, dass er beidhändig schoss, wie einer vom Fach.

»Jetzt aber ab!«, sagte er dann und gab mir die Pistole zurück und hatte es plötzlich eilig. Auch wie damals mit vierzehn.

Zurück in seiner Wohnung holte er Wodka und Bier aus dem Kühlschrank, was uns half, wieder erwachsen zu werden.

Ich beschloss, ihn in die üble Geschichte einzuweihen, die ich in meiner Jackentasche hatte.

»Sieh dir das mal an«, sagte ich und legte den Kontaktabzug vor ihn auf den Tisch. »Hat Richie Naujoks gemacht.«

Helmut warf einen flüchtigen Blick darauf, dann stand er auf, ging zu seinem Schreibschrank hinüber und kam mit einer Brille auf der Nase zurück. »Brauche ich nur zum Lesen«, sagte er, als wäre sie ein Grund, an seiner Mannbarkeit zu zweifeln.

»Na und?«, fragte er, nachdem er den Abzug angesehen hatte. »War wohl sein kleiner Nebenerwerb. Ist was Besonderes damit?«

»Die Dame auf den Bildern ist Dita Röder, die später tot unter meinem Schreibtisch gelegen hat. Und der Mann ist mein Chef und Stiefvater.«

Helmut zog die Augenbrauen hoch und setzte seinen Wodka auf den Tisch zurück. »Und wie bist du an die Bilder gekommen?«

»Ich habe sie in Richies Fotoatelier gefunden. Eben, bevor ich herkam.«

Helmut begriff, ohne dass ich es aussprechen musste: »Der wollte deinen Stiefvater erpressen. Gemeinsam mit der Röder.«

»Du hast es erfasst«, sagte ich und steckte das Corpus Delicti wieder ein. »Eigentlich sollte es mich nicht weiter kümmern, was die beiden getrieben haben. Mein Stiefvater ist ein Schweinepriester. Und Dita war ein Miststück. Aber dass es zwei Morde in der Geschichte gibt, macht mir Angst. Zumal ich persönlich betroffen bin, weil ich in beiden Fällen die Opfer entdeckt habe. Was der Polizei verdächtig erscheint, auch wenn mich dieser Kommissar Viekötter zurzeit in Ruhe lässt.«

»Und du willst jetzt wissen, wie ich die Sache sehe«, sagte Helmut.

Ich nickte. »So ist es.«

»Lass mich nachdenken.« Helmut stand auf, stellte sich ans Fenster und sah hinaus, die Hände auf dem Rücken. Ich nahm mir ein neues Bier und fragte mich, ob das vielleicht ein bisschen Gehabe war und er sich gleich umdrehen und die Sache lässig abtun würde.

Doch das tat er keineswegs. Er kam zurück und setzte sich, schaltete den Deckenstrahler ein, der neben seinem Sessel stand, und nahm mir die Scheuklappen ab.

»Versuchen wir uns doch mal vorzustellen, wie die Sache angefangen haben könnte. Dann ergibt vielleicht eins das andere. Also: Dieser Richie ist ein ausgebuffter Junge. Sieht gut aus. Hat einen Ruf als Verführer, was Frauen sowieso reizt. Die Röder ist ein echter Schuss, heißt nicht umsonst Zuckerpuppe in eurem Verein. Richie will ran an sie. Er fotografiert sie gelegentlich als Modell, sein alter Trick, um Frauen rumzukriegen. Dita ist kein Kind von Traurigkeit und sagt nicht Nein. Und Richies Fotoatelier ist die perfekte Liebeslaube, stets verfügbar nach Büroschluss.«

Helmut lehnte sich zurück. »Jetzt unterstellen wir mal, dass Richie nicht nur gut aussieht, sondern es auch gut kann. Besonders gut sogar, besser als Dita es bisher kennt. Was du bitte nicht persönlich nimmst. Denkbar also, dass sie ihm hörig wird, bereit ist, alles zu tun, was er von ihr verlangt. Nichts Ungewöhnliches übrigens, kenn ich aus dem Milieu, wo Zuhälter auf diese Weise an ihre Pferdchen kommen. Irgendwann erzählt Dita Richic, dass Bauscher scharf auf sie ist, ihr Avancen macht, wenn sie zu ihm ins Büro kommt. Und da verfällt Richie auf die Idee, dass sie darauf eingehen soll, um ihn erpressbar zu machen. Würdest du mir folgen bis hierher?«

Ich nickte und verzichtete darauf, ihm zu sagen, dass es mir eigentlich scheißegal war, wie die Geschichte angefangen hatte. Ich wollte wissen, ob Helmut einen Zusammenhang zwischen den Fakten sah, die auf rätselhafte Weise immer mit mir zu tun hatten.

»Die Zuckerpuppe hat mitgespielt, weil sie Richie hörig war«, stimmte ich ihm zu. »So muss es wohl gewesen sein. Schließlich ist es unwahrscheinlich, dass Dita die Sache geplant und eingefädelt hat. Dazu kannte sie sich mit den technischen Erfordernissen zu wenig aus. Die Möglichkeit, sich über den schmalen Balkon anzuschleichen und von dort aus brauchbare Fotos zu schießen, darauf kann nur Richie gekommen sein.«

Ich nahm einen Schluck Bier und fuhr fort: »Wie das Ding dann gelaufen ist, liegt auf der Hand. Richie hat fotografiert und wahrscheinlich schöne große Hochglanzabzüge gemacht und sie Bauscher vorgelegt. Und einen dicken Scheck dafür gekriegt, den er sich mit Dita teilte und mit dem keiner von beiden jetzt mehr etwas anfangen kann.«

Als ich mich in meinem Sessel zurücklehnte in der Hoffnung, dass Helmut weiter sah als ich, machte irgendwas Klick in meinem Kopf, wahrscheinlich aber nicht laut genug. Weshalb er mir doch noch auf die Sprünge helfen musste:

»Wer sagt dir eigentlich, dass der Killer, der hinter dir her ist, im Auftrag von Zockern gehandelt hat? Ein Mord wegen ein paar Spielschulden? Da könnte doch jemand anderes mehr Grund gehabt haben, Richie zu beseitigen.«

Für einen Moment spürte ich Leere im Kopf, dann ging der Vorhang hoch.

Ich sagte »Bauscher«, und Helmut nickte. »Killer kann man kaufen in Köln.«

19

Helmuts Telefon hatte geklingelt und ihn in Aufregung versetzt. Den Hörer am Ohr wanderte er auf und ab, so weit es ihm die Schnur erlaubte. Sagte ein paarmal »Ja, ja« und »Mach ich« und kam dann zu mir zurück und verkündete, dass er jetzt mal schnell irgendwohin müsse, wo es Ärger gebe.

Drei Minuten später standen wir vor dem Aufzug, der ihm zu lange brauchte bis oben und ihn die Treppe nehmen ließ, mir eine halbe Etage voraus. Unten vor der Haustür sagte er noch eilig: »Ich lasse von mir hören« und war weg. Er nach links und ich nach rechts, wo ein paar Ecken weiter mein Auto stand.

Ich fand, dass es reichte für diesen Tag. Der Schock, dass Dita sich von Richie zur Nutte hatte machen lassen. Dann die Tatsache, dass im Grunde ich es gewesen war, der sie ihm zugeführt hatte. Schließlich die Erkenntnis, dumm und gedankenlos gewesen zu sein, als ich geglaubt hatte, dass Richie nur wegen ein paar Spielschulden ermordet worden sei. Gar nicht zu reden von der Vorstellung, dass Bauschers Killer nun hinter mir her war. Vielleicht bereits vor meiner Wohnung auf mich lauerte oder sonst wo in der Dunkelheit, die inzwischen über der Stadt lag.

Unwillkürlich fasste ich nach der Beretta, die ich in der linken Innentasche meines Jacketts untergebracht hatte. »Lässt sich auch gut tragen«, hatte Helmut gesagt. Meinte er damit, dass ich mich an sie gewöhnen sollte?

Im Schein der spärlichen Straßenbeleuchtung ragte der Koloss des Gefängnisses auf, in dem Mörder und Totschläger saßen. Ein Menetekel?

Reiß dich am Riemen, dachte ich und bemühte mich um einen gelassenen Schritt bis zu meinem Auto zwei Ecken weiter. Ich musste versuchen, den Tag zu Ende zu bringen, ohne mich mit Fragen verrückt zu machen, zu denen mir keine Antwort einfiel.

Ich schloss das Auto auf, rutschte hinter das Steuer und startete in Richtung Südstadt, wo es genügend Kneipen gab, in denen es laut und bierselig genug zuging, um vom Grübeln abzukommen. Ich beschloss, mir einen Parkplatz gegenüber vom Polizeipräsidium zu suchen. Immerhin eine Gegend, wo Mörder ungern herumspazierten.

Ich parkte wieder fast auf demselben Platz wie heute Morgen und bei meinem ersten Besuch bei Viekötter, als ich ihm stolz die Lösung des Mordfalls Dita Röder präsentieren wollte. Die dann keine war, weil Richie Naujoks in der Mordnacht in Itzehoe weilte, um eine Anzeige für Nagellack in Druck zu geben.

Ich schlenderte die Severinstraße entlang, auf die alte Torburg zu. Auf der linken Straßenseite gab es außer dem »Schmitze Lang« noch ein paar andere Kneipen, in die ich im Vorbeigehen kurz hineinschaute, um zu sehen, ob ein Bekannter an der Theke stand.

Dann überholte mich jemand, schlug mir auf die Schulter und blies mir seine Fahne ins Gesicht: Peter Steinenbach, in bester Laune. Einer von den »Negerköpp«, die hier ihr Stammlokal hatten, in das er mich, ohne zu fragen, hineinschob.

Die Theke war in Doppelreihe besetzt, dahinter flitzte die Bedienung hin und her und schubste uns mit ihren runden Hüften den Weg frei zum Hinterzimmer, wo die Negerköpp gerade ihren Tanz für die nächste Karnevalssession probten. Ein gutes Dutzend Männer, kostümiert als Kirmesbesucher im Stil der Jahrhundertwende, die gehorsam den Anweisungen ihrer Ballettmeisterin folgten, einer dürren Person mit schriller Stimme. Vor der hinteren Wand, an der die Vereinsfahne hing, stand der Orgelsmann und leierte Kirmesmusik dazu, nach der die Männer eher herumhüpften als tanzten. In den häufigen Pausen gab es Kölsch vom Fass, was die Stimmung hochhielt.

Gegen elf gelang mir der Ausbruch, und ich machte mich auf den Weg zu meiner Wohnung. Das Kölsch hatte das seine getan und hielt noch vor bis zur Alteburger Straße.

Dort stand er, keine drei Meter von meiner Haustür entfernt. Eine bedrohliche Schattenfigur im sparsamen Licht der Straßenlaterne.

Plötzlich klopfte mein Herz bis in den Hals.

Noch ein paar Schritte, und ich konnte mich in den nächsten Hauseingang drücken. Dann wagte ich mich weit genug vor, um die ganze Straßenbreite im Blick zu haben.

Der Schattenmann und ich. Niemand sonst war auf der Straße.

Ich zog die Pistole aus der Innentasche, entsicherte sie und hatte mich wieder in der Gewalt.

Jetzt kam er langsam in meine Richtung. Würde er weitergehen und mich entdecken?

Nein, er drehte um und ging zurück. Langsam, wie unschlüssig. Blieb wieder stehen und zögerte einen Moment.

Dann ging er schnell und entschlossen hinüber zur anderen Straßenseite und verschwand in einer Haustür, die sich vor ihm geöffnet hatte.

Ein Freier von Walburga, die ihn hereingewinkt hatte. Was für ein Witz!

Ich steckte die Beretta wieder ein, tat noch einen Rundumblick und brachte die letzten zwanzig Meter bis zu meiner Haustür hinter mich.

Immer noch mit hohem Puls schloss ich die Tür auf und betrat meinen schönen, hell erleuchteten Hausflur, in dem es keine dunklen Ecken für lauernde Killer gab. Auf dem ersten Stock drang ernste Musik ins Treppenhaus, im zweiten knurrte Bello hinter der Tür, wie jedes Mal, wenn jemand vorbeiging. Morgen früh würde ich ihm einen Rest Fleischwurst vor die Tür legen.

Auf meiner Etage flackerte mal wieder die Neonröhre. Ich schob den Schlüssel ins Schloss und zögerte. Waren da verdächtige Schrammen an der Türfüllung? Unsinn.

Auf dem Telefontischchen in der Diele lag immer noch Elsas verlogene Brillantbrosche. In der Küche gab sich gerade der Kühlschrank seinen halbstündlichen Ruck und ließ die ungespülten Teller klappern, die ich auf ihm abgestellt hatte. Die Luft roch etwas abgestanden, immer noch mit einer Spur von Brigittes Parfum darin.

Um nicht unnötig Lebensgeister aufzuschrecken, die mir die Nacht verderben würden, ging ich ohne Dusche zu Bett.

Gegen drei wurde ich wach und glaubte ein verdächtiges Geräusch an der Wohnungstür zu hören. Machte sich da einer am Schloss zu schaffen?

Ich schwang die Beine aus dem Bett und tappte im Dunkeln zum Kleiderschrank, an dem mein Jackett schief auf dem Bügel hing, weil ich vergessen hatte, die Pistole aus der Tasche zu nehmen. Was ich eilig nachholte und mich in die Diele schlich.

Doch da war nichts außer dem Wummern, das mein Herz veranstaltete. Fünf Minuten lang stand ich wie angewachsen hinter der Tür und begann, mir albern vorzukommen. Dann ging ich wieder ins Bett, legte aber diesmal die Pistole unters Kopfkissen.

20

Der nächste Morgen war regnerisch. Als der Flötenkessel gepfiffen und der Nescafé richtigen Kaffee vorgetäuscht hatte, war die Unruhe im Kopf wieder da. Ich gab mir noch meine Viertelstunde für den Stadt-Anzeiger, der auf der Matte vor der Tür lag.

Adenauer hatte den Bundestagswahlkampf gewonnen. Dicke Schlagzeile, ganze Blattbreite. Haushoch gewonnen mit fünfzig Komma zwei Prozent gegen die kümmerlichen einunddreißig Komma acht vom armen Ollenhauer mit seiner SPD. Kein Wunder, dachte ich, bei dem hinterlistigen Slogan, den sich der Alte wahrscheinlich selbst ausgedacht hatte. »Sicherheit – keine Experimente«, das traf den deutschen Wohlstandsnerv, wie der Artikel zu erklären wusste, der ein bisschen zu lang war für meine Geduld.

Weiter: ein Loblied auf Oberbürgermeister Burauen. Ein Nekrolog auf die armen Kerls vom gesunkenen Segelschulschiff »Pamir«. Bilder von der neuen Eingangshalle des Hauptbahnhofs, die bald eröffnet werden sollte. Ein letzter Blick auf die Anzeigenseiten.

Ich sah auf meine Uhr und verfluchte den lästigen Fußweg bis zum Waidmarkt, wo mein Auto stand. Ich räumte den Rest vom Frühstück weg und schüttelte mein Bett auf, dann holte ich die Beretta unter dem Kopfkissen hervor und steckte sie in die linke Innentasche meines Jacketts. Schon in der Diele ging ich wegen der Wurst für Bello noch mal zurück zum Kühlschrank. Auf der Treppe begegnete mir Arno, der mich freundlicher grüßte als nötig.

Der Regen hatte aufgehört und die Stadtluft sauber gemacht. Die ersten Geschäfte hatten schon offen. Die Frauen mit den Einkaufstaschen guckten freundlicher als die Männer, die mir entgegenkamen. Sicher hatten sie den Adenauer gewählt, der »keine Experimente« versprach.

Keine Experimente wollten vielleicht auch die Direktoren machen, für die ich meine Kampagne ausgebrütet hatte. Halb nackte Frauen, die behaupteten, sich den ganzen Tag wie frisch gebadet zu fühlen.

Immerhin war mein Kopf wieder bei der Arbeit.

Das Polizeipräsidium war in Betrieb, und eine Menge Leute gaben sich auch am heutigen Samstag die Eingangstüren in die Hand. Uniformierte mit strammen Schritten, Zivilisten gemischter Art, teils zaudernd, vielleicht auf dem Weg, verhört zu werden? Laufend fuhren Streifenwagen in den Hof der Präsidiumswache hinein; andere kamen herausgeprescht, einer sogar mit Blaulicht.

Als ich mein Auto aufschloss, dachte ich daran, dass ich es heute Abend wieder hier parken sollte. Aber dann hätte ich erneut den Fußmarsch bis zu meiner Wohnung vor mir. Und am nächsten Morgen die gleiche Prozedur retour. Eine Schraube ohne Ende, solange ich vor dem Killer auf der Hut sein musste.

Ich sollte abends immer aus Köln verschwinden. Das war die Lösung.

Und ich wusste auch, wohin.

Mein Vater hatte uns noch vor dem Krieg ein Wochenendhaus an der Talsperre Diepental bauen lassen: das »Haus Elvira«, ein kleiner Flachbau am Hang über dem See mit vier Zimmern und einer großen Sonnenterrasse. Es wurde heute nur noch selten genutzt, meistens von Bauscher, der zur Entspannung gern mal zum Angeln hinfuhr. Dazwischen bewachte es ein Nachbar, der sich auch um den kleinen Garten kümmerte.

»Haus Elvira« würde meine Fluchtburg sein. Den Schlüssel hatte ich noch irgendwo in einer Schublade in meiner Wohnung.

Abends hin und am nächsten Morgen zurück nach Köln ins Büro. Zweimal knapp vierzig Kilometer. Kein Problem, wenn man einen bekannt zuverlässigen DKW hatte.

Für die hoffentlich nur kurze Zeit in der Diaspora, da zählte ich auf Viekötter, würde ich nicht viel brauchen. Nicht mehr, als in einen Koffer ging. Abzuholen sofort, solange es noch heller Tag war.

Diesmal parkte ich genau vor meiner Haustür und lief die Treppe hinauf, wo auf dem zweiten Stock Frauchen schon die Wurst für Bello hereingeholt hatte.

Ich nahm den Lederkoffer mit den noblen Hotelaufklebern, den ich von Vater geerbt hatte, und hielt mich nicht lange mit der Anzugwahl auf. Ein guter fürs Büro würde genügen, für den Fall, dass man beim Kunden mal wieder mein Gesicht sehen wollte. Mit den Hemden war ich etwas knapp, aber die konnte ich vom Büro aus in die Wäscherei geben. Schließlich Rasierzeug und die Flasche Alpecin, weil der Haaransatz schon langsam zurückzuweichen begann. Jetzt noch etwas aus dem Kühlschrank, zum Abendbrot und für morgen früh. Wenn Hasenscharte meine Adresse wirklich herausgefunden hatte, durfte er sich von nun an gern die Beine in den Bauch stehen.

Als ich auf der Chefetage aus dem Aufzug stieg, versprach ich mir, den ganzen Wahnsinn der letzten Tage zu vergessen und das zu tun, wofür ich Geld bekam. Von dem ich langsam eine Stange mehr bekommen sollte, wie ich fand.

Ich rief Uli an und bat ihn, in mein Büro zu kommen. Wenn er gleich seinen Skizzenblock mitbrächte, fände ich das gut. Vorsichtig formuliert, um ihn nicht spüren zu lassen, dass ich mal wieder eine vorgefasste Vorstellung von einer Anzeige hatte.

Er kam eine Stunde später, obwohl er an einem Samstag sicher Besseres zu tun hatte. Ich freute mich, ihn zu sehen.

Über die beiden Morde zu reden ersparten wir uns, es gab genug Klatsch und Gerüchte im Haus. Auch wollte ich mich nicht darauf einlassen, ihm einen Vortrag über das Warum und Wieso meiner Kampagne zu halten, für die ich ihn als Grafiker einzusetzen gedachte. Stattdessen reichte ich ihm das schriftliche Konzept über den Tisch und bat ihn, es zu lesen.

Uli nahm sich Zeit, und ich gestand mir ein, dass ich fürchtete, er fände es zu frech, obwohl ich Bauscher schon im Rücken hatte. Doch dem war nicht so, im Gegenteil.

Ich sagte ihm, dass Richie bereits den Auftrag gehabt hätte, Probeaufnahmen zu machen, und ich im Fotoatelier vergebens danach gesucht hatte. Es gelang mir, dabei den Gedanken an den gefundenen Kontaktbogen halbwegs auszublenden.

Uli, der ein Studium auf der Kunstschule genossen hatte, konnte figürlich zeichnen und brachte die Dame im Badetuch mit flottem Strich zu Papier. Eine Stunde später waren wir uns auch über das Layout im Klaren und gingen zum Essen, wozu ich ihn einlud.

Der Nachmittag ging mit Kleckerkram und mit Überlegungen herum, welchen der teuren Werbefotografen ich mit den Aufnahmen für die Anzeigenserie betrauen sollte, Bauschers Einverständnis vorausgesetzt.

***

Ich freute mich auf »Haus Elvira«, wo ich als Junge schöne Tage mit meinen Eltern verbracht hatte. Karl May lesen auf der Terrasse, im See schwimmen mit Ingrid, die sich küssen ließ. Angeln mit Papa. Die sorglose Zeit, ehe der Krieg alles kaputt machte. Auch später war ich noch häufig dort gewesen, mal mit Freunden, mal allein, auch mit Dita. Aber daran wollte ich nicht denken.

Mein DKW freute sich, mal wieder auf Landstraßen unterwegs zu sein und seinen Auspuff sauber blasen zu können. Die dunklen Wolken am Himmel hatten sich verzogen, die im Kopf nicht ganz.

Von der Landstraße nach Burscheid bog ich links ab und fuhr den Berg runter zum See, der glatt war wie ein Spiegel. Über das Brückchen und dann die Kurve rauf über den Kiesweg zum Haus.

Am Gartentor des Nachbarhauses stand Herr Körfgen, den ich erst mal begrüßen musste. Ich stieg aus und ging zu ihm hinüber, der mir schon entgegenkam und die Hand entgegenstreckte.

»Schön, Sie mal wieder bei uns zu sehen«, sagte er und holte mit dem Arm zu einem Panoramaschwenk über den See aus. »Still ruht der See, die Fische warten. Warum kommen Sie nicht öfter mal zum Angeln?«

»Bisschen viel um die Ohren in letzter Zeit«, sagte ich. »Aber jetzt bleibe ich für eine Weile hier. Muss allerdings jeden Morgen wieder nach Köln ins Büro. Leider. Geht aber nicht anders. Gibt eine Menge zu tun in der Agentur.«

»Ja, das hat der Herr Bauscher auch gesagt, als er letzthin hier war«, erinnerte sich der Nachbar. »Kam erst spät hier an, fast schon in der Nacht, und ist bereits am nächsten Mittag wieder zurück.«

»Wusste ich gar nicht«, sagte ich und wunderte mich. Nicht genug allerdings, um zu begreifen, dass sich gerade das Dunkel zu lichten begann, das über Zuckerpuppes Tod lag.

Ich räumte den Kofferraum aus und ging ins Haus. Die Schlagläden vor den Fenstern klemmten. Ich öffnete sie, und die frische Abendluft verdrängte die stickige Atmosphäre, die Bauscher hinterlassen hatte.

Der Kühlschrank summte, den hatte er vergessen auszuschalten. Erfreulicherweise standen noch drei Flaschen Union darin. Im Aschenbecher waren Kippen seiner Marke Juno, »dick und rund«.

Im Papierkorb lag eine alte Zeitung. Die musste er unten am Kiosk gekauft haben, wo es morgens auch belegte Brötchen gab.

Als ich die Zeile unter dem Zeitungskopf sah, sprang mich das Datum an: Es war der Tag nach Ditas Tod. Die Frage, die sich stellte, nahm mir den Atem: Wenn Bauscher, wie behauptet, in der Mordnacht in Frankfurt gewesen war, wie kam dann diese Zeitung hierher?

Die Antwort war der Strick, der sich um seinen Hals legen würde. Wenn es denn jemand tat.

Ich?

Nachdem ich mein spärliches Abendbrot hinter mich gebracht hatte, legte ich mich auf das Bett in meinem alten Zimmer, starrte die Decke über mir an und sah die Bilder vor mir:

In der Agentur ist längst Büroschluss, und das Haus hat sich geleert. Bauscher wartet auf Dita. Niemand weiß, dass er noch hier ist.

Um zehn wird sie kommen. Es ist das dritte oder vierte Mal in den letzten beiden Monaten. Er weiß, dass es gefährlich für ihn ist, was sie miteinander treiben, aber er ist verrückt nach ihr. Sie gibt ihm das Gefühl, wieder ein Mann in jungen Jahren zu sein.

Eigentlich hat er noch zu arbeiten, doch es hält ihn nicht an seinem Schreibtisch. Er zieht sich in seinen Ruheraum zurück und streckt sich auf der Couch aus. Die Zeit wird ihm lang, aber er hat sie eingeplant.

Dita wartet die Zeit bis zehn in Richies Fotoatelier ab, wo sie niemand vermutet. Sie sitzt an seinem Arbeitstisch und trifft die Vorbereitungen für das, was sie vorhat. Weil Richie nicht noch länger auf das große Geld warten will, soll es heute sein.

Da er zur Druckerei nach Itzehoe muss, wird sie es allein durchziehen. Skrupel hat sie keine. Sie tut alles für Richie. Sie liebt es, in seiner Gewalt zu sein.

Vor ihr liegen die Fotos, die Richie von Bauscher und ihr geschossen hat. Format dreizehn mal achtzehn. Was sie auf den Bildern sieht, berührt sie nicht. Heute wird es dazu nicht kommen.

Sie nimmt einen Umschlag und steckt die Fotos hinein. Dann steht sie auf und holt sich eine der Zeitschriften aus dem Regal und blättert darin. Auch ihr wird die Zeit lang.

Kurz vor zehn geht Bauscher zu seinem kleinen Kühlschrank und nimmt die Flasche Pommery und zwei Gläser heraus. Ein paar Salate hat er mittags bei Feinkost Hoss besorgt. Dann öffnet er die Tapetentür zu seinem Büro und wartet auf das Klopfen.

Als er sie eingelassen hat, ist Ditas Verhalten anders als sonst. Sie lässt sich nur ungern küssen und ist nervös. Als er sie umarmt, fällt der Umschlag mit den Fotos zu Boden, den sie mitgebracht hat. Was er zunächst nicht bemerkt. Erst als er sie zur Couch drängen will, sieht er ihn und denkt, es sei ihr neuer Bericht. Lächelnd sagt er, dass er jetzt nichts von Bürokram wissen wolle, auch nichts vom Maulwurf.

Ditas Unterlippe zittert, sie wirkt verstört. Sie ist eine Schauspielerin. Bauscher ist irritiert, fragt, was mit ihr sei.

Sie weist auf den Umschlag, der auf dem Boden liegt, und sagt mit tonloser Stimme: »Richie will zehntausend dafür.«

Bauscher begreift nicht, bückt sich aber nach dem Umschlag und öffnet ihn. Er tritt unter die Deckenlampe und betrachtet die Bilder genau, wendet Dita dabei den Rücken zu.

»Er hat es herausbekommen und uns durchs Fenster fotografiert«, sagt sie. Bauscher schweigt lange.

Dita ist irritiert und sagt, was sie besser nicht getan hätte: »Er will zehntausend Mark in bar, und du kriegst die Bilder und die Negative.«

Bauscher dreht sich um, überraschend schnell. Dabei fängt er Ditas unverhüllt lauernden Blick auf, womit sie nicht gerechnet hat.

»Du Hure«, sagt er, »das habt ihr beide euch ausgedacht.«

Seine Stimme ist leise und zittert vor Wut.

Die Fotos hat er fallen gelassen. Er hat beide Hände frei. Umfasst ihren Hals und drängt sie Schritt um Schritt zurück bis zur Couch. Drückt ihr die Luft ab und lässt nicht nach, als sie rücklings fällt und ihr Röcheln verstummt und sie aufhört, sich zu wehren.

Dann steht er da und sieht auf sie herab. Seine Wut hat nicht nachgelassen.

Die Leiche muss weg.

Wohin?

Es ist ganz einfach.

Er wird sie in einem der Büros ablegen, das Haus verlassen und sich ein Alibi verschaffen, indem er angeblich bereits am Nachmittag nach Frankfurt gefahren ist, vielleicht belegt durch einen Anruf nach Hause von unterwegs. Seinen Freund und Kriegskameraden in Frankfurt wird er entsprechend instruieren. Die Nacht kann er im Haus an der Talsperre verbringen.

Er öffnet die Tür zum Flur, die er abgeschlossen hatte. Der

Gang, an dem die Büros liegen, ist dunkel. Aber das Licht hinter ihm reicht aus, um sich zurechtzufinden.

Die dritte Tür auf der rechten Seite ist die zu meinem Büro. Dort ist Platz genug, mehr als in den anderen, kleineren, wo die Sekretärinnen sitzen. Er drückt die Klinke herunter, die Tür ist offen. Durch das Fenster fällt Licht von den Straßenlaternen in den Raum. Er tut ein paar Schritte hinein und sieht, dass unter den beiden zusammengerückten Schreibtischen genügend Platz ist, um die Leiche abzulegen.

Dita ist eine zierliche Person. Er geht zurück, nimmt sie auf beide Arme und trägt sie über den Flur in mein Büro.

Jetzt ist sein Kopf klar. Er bückt sich und reißt ihr den Schlüpfer herunter. Jemand hat versucht, Dita zu vergewaltigen.

Ohne Schwierigkeiten und ungesehen verlässt er das nachtdunkle Haus.

So muss es gewesen sein.

21

Das restliche Wochenende verbrachte ich wie im Nebel; die Nacht auf Montag war ein Alptraum. Zerstückelt in Wachsein und Wiedereinschlafen und Bildern, die in meinem Kopf abliefen.

Glasklar Bauschers Mordmotiv, belegt durch die Erpresserfotos; glasklar auch die Topografie nach der Tat: nur ein paar Schritte vom Tatort über den Flur in mein Büro.

Und jetzt, aufgedeckt durch die Zeitung mit dem verräterischen Datum, das falsche Alibi, die angebliche Fahrt nach Frankfurt.

Kein Verwirrspiel mehr. Aber ein Drama und noch kein Ende: Richie kommt zurück aus Itzehoe, und Dita ist tot. Von Bauscher im Affekt erwürgt, der ihr Spiel durchschaut hat. Daran hat Richie keinen Zweifel.

Jetzt wird er Bauscher selbst gegenübertreten. Schließlich hat er ihn in der Hand mit den Fotos, nach wie vor.

Er lässt sich Zeit, fertigt zunächst neue Vergrößerungen an, die er ihm vorhalten wird, wenn er das Geld fordert.

An einem Abend sucht er Bauscher in seinem Büro auf. Viel zu verhandeln gibt es nicht. Bauscher wird zahlen.

Aber er braucht etwas Zeit, um die große Summe in barem Geld zu beschaffen. Kein Problem für Richie, auf ein paar Tage soll es ihm nicht ankommen.

Für Bauscher steht alles auf dem Spiel. Wenn er nicht zahlt, wird Richie den Mord an seiner Geliebten rächen wollen. Die Fotos, anonym zugespielt, würden die Polizei auf Bauschers Spur bringen, und sein Alibi hat Löcher.

Selbst wenn die Polizei keinen greifbaren Beweis für seine Tat findet, werden die Bilder eine Katastrophe auslösen: Sie werden ihn nicht nur seinen Kölner Großkunden kosten, dessen Vorstand so schwarz ist wie der Rock des Erzbischofs. Seine Frau wird sich von ihm trennen und ihr Kapital aus der Firma abziehen.

Und: Auch wenn er gezahlt hat, wird Richie immer wieder Geld fordern. Selbst wenn er jetzt mit den Bildern den Negativstreifen bekommt, von dem wahrscheinlich längst eine Kopie existiert.

Alles das ist Bauscher schon in dem Moment klar, als Richie ihn mit den Bildern konfrontiert.

Es gibt nur eine Lösung: Richie muss beseitigt werden.

Bauscher findet einen Kontakt zur Unterwelt. Das ist kein großes Problem in Köln. Das Honorar für den Killer wird allemal geringer sein als die Summen, die er Richie zahlen müsste.

Die Kölner Mafia hat einen Killer im Angebot: Hasenscharte. Alles läuft reibungslos. Er wird beauftragt, wird bezahlt, tut seine Arbeit. Doch er begegnet einem Zeugen, der ihn identifizieren könnte.

Und der trägt jetzt eine Pistole mit sich herum und sitzt in seinem Auto und fährt zurück nach Köln.

Vor der Auffahrt zur Mülheimer Brücke hätte ich fast einen Auffahrunfall mit einem Ford Taunus produziert. Ich sollte aufhören, in Gedanken ständig die Rolle rückwärts zu machen.

Ich fuhr am Rheinufer entlang, die »Bastei« kam in Sicht, dann die Agentur. Zeit, mich darauf einzustellen, Ditas Mörder die Hand schütteln zu müssen.

Ich parkte umständlich, weit weg von dem Platz, den Bauscher bevorzugte. Im Haus, vor dem Aufzug, begegnete mir Fräulein Schneidereit auf dem Weg zur Poststelle im Erdgeschoss.

»Der Chef ist heute nicht da«, sagte sie abweisend, »will auch nicht angerufen werden.« Basta.

Ilse Schneidereit war ein spätes Mädchen. Bauschers Schildknappe in Seidenstrümpfen. Hüterin aller Vertraulichkeiten und Geschäftsinterna hinter der gepolsterten Tür seines Büros.

Es hieß, dass sie im Krieg mit Oberleutnant Bauscher beim Soldatensender Belgrad zusammengearbeitet hatte. Als Nachrichtenhelferin in der Propagandakompanie. War sie seine Geliebte gewesen, seine Sekretärin? Ein Tontechniker vom damaligen Sender hatte einmal augenzwinkernd behauptet, dass allein sie befugt gewesen sei, jeden Abend die Lili-Marleen-Platte aufzulegen, die Freund und Feind die Tränen in die Augen getrieben hatte.

Fräulein Schneidereit mochte mich nicht. Was hatte dieser Junge aus der ersten Ehe dieser Elvira in Peters Agentur zu suchen?, war in ihrem Blick zu lesen. Werbetexte schreiben? Pah! Und mischte der sich nicht in letzter Zeit auch immer häufiger in interne Angelegenheiten ein?

Erleichtert über die Aussicht, Bauscher heute nicht begegnen zu müssen, schenkte ich ihr ein Lächeln und stieg in den Aufzug.

Auf meinem Schreibtisch lagen Entwürfe der beiden Juniortexter, die ich beurteilen und gegebenenfalls verbessern sollte. Der erste, den ich mir vornahm, war nicht schlecht. Jedenfalls was die Schlagzeile betraf. Beim anschließenden Fließtext haperte es, da würde ich eingreifen müssen. Ich strich ein paar zu dick geratene Adjektive und wusste plötzlich nicht weiter. Mein Hirn wollte sich nicht mit Werbung beschäftigen, sondern mit den Tatsachen, denen ich nicht ausweichen konnte:

Mein Chef und Stiefvater war Ditas Mörder, und ich besaß Indizien, die ihn mit hoher Wahrscheinlichkeit der Tat überführen würden. Und: Ich war mir sicher, dass er den Mord an Richie Naujoks veranlasst und bezahlt hatte. Ich selbst war in Gefahr, ein drittes Mordopfer zu werden. Was tun?

Sich von Viekötter fernhalten und hoffen, dass der nicht an einen Unschuldigen geriet und ihn des Mordes an Dita verdächtigte? Abwarten, bis Hasenscharte es leid würde, mir aufzulauern? Ich griff zum Telefon und wählte Helmut Schlawizeks Nummer.

Nach einer längeren Reihe von Rufzeichen meldete er sich mit verschlafener Stimme. Im Hintergrund pfiff ein Wasserkessel, was hieß, dass er noch eine Runde verdöst hatte, während die andere Seite des Betts schon leer war.

Ob etwas Besonderes wäre, fragte er, und mir fiel nichts Besseres ein, als zu sagen: »Irgendwie schon.«

Seine Antwort war ein Grunzen.

»Ich bin gegen sechs im ›La Päd‹«, sagte er dann. »Es gibt Neuigkeiten für dich. Kommst du?«

Ich sagte, dass mir das passe, legte auf und fühlte mich erleichtert.

Helmut, mein Mann für kriminelle Angelegenheiten. Allzeit bereit.

Ich nahm mir wieder die Textentwürfe vor und bemühte mich, nachsichtig zu sein. Warum wollten die Jungs bloß immer so ellenlange Texte schreiben? Hatten sie nicht gesehen, dass in meinem Büro »Come to the Point« an der Wand stand?

Mittags ging ich rüber zum Eigelstein und traf im »Kölsche Boor« zufällig Freddy Körner, einen alten Klassenkameraden, der Rechtsanwalt geworden war und mir gleich seine Karte zusteckte und allerhand Lustiges aus den Gerichtssälen zu erzählen hatte. Darüber verging meine Mittagspause, ohne dass ich über meine Probleme nachdenken musste.

Der weitere Nachmittag tröpfelte unlustig dahin, bis es Zeit wurde, mich mit Helmut zu treffen.

***

Das »La Päd« in der Breite Straße erinnerte mich an meine Düsseldorfer Zeit. Da gab es Anfang der fünfziger Jahre die ersten Kneipen »mit Ambiente«, wie den »Pferdestall« in der Altstadt. Dort hingen ausrangiertes Zaumzeug und Sättel und allerhand alte Besitztümer an der Wand. Was man originell fand und seinem Ego angemessen, obwohl kaum einer der Gäste jemals auf einem Pferd gesessen hatte. Jedenfalls war diese Kneipe ein Renner in Düsseldorf. Das »La Päd« in Köln war es inzwischen auch.

Der Wirt hieß Karl Heinz, und seine Gäste buhlten um die Ehre, ihn duzen zu dürfen. Was für Helmut natürlich selbstverständlich war.

Er saß am hinteren Ende der langen Theke, an der sich bereits eine lückenlose Reihe von Bürohengsten aufgereiht hatte und den engen Schlauch der Kneipe bis unter die Decke mit Gequatsche füllte. Und darauf lauerte, dass die blonde Inge hinter der Theke auf die kleine Trittleiter stieg, um eine Flasche des edleren Schnapses aus dem Regal zu holen und dabei ihre sagenhaften Beine sehen ließ.

Hier in Ruhe miteinander reden zu können erschien mir schwierig, doch Helmut hatte uns einen kleinen Tisch ganz hinten im Raum reserviert.

Wir begrüßten uns, und ich half ihm, sein Kölsch und die noch halb volle Tasse mit Gulaschsuppe hinüberzubalancieren.

Ich bestellte zum Anwärmen erst mal zwei von den teuren Williams-Birnen. Dann erzählte ich ihm von meiner Flucht ins Bergische, über die er zunächst grinste, schließlich aber sagte, dass das eine gute Idee gewesen sei. Den Höhepunkt sparte ich mir bis zuletzt auf:

»Ich weiß, wer Dita Röder umgebracht hat. Es war Bauscher. Als sie ihn mit den Fotos erpressen wollte, hat er sie erwürgt und in meinem Büro abgelegt.«

»Der Ficker auf den Fotos«, staunte Helmut, »dein Chef und Stiefvater.«

Man sah, dass er versuchte, die Dinge auf die Reihe zu kriegen. »Kann aber doch nicht sein, der war irgendwohin verreist, oder?«

»Angeblich nach Frankfurt«, bestätigte ich, »aber dort war er nicht. Er war da, wohin ich mich abgesetzt habe. In unserem Wochenendhaus an der Talsperre. Da hat ihn unser Nachbar gesehen und auch mit ihm gesprochen. Und im Haus hat er eine Zeitung mit dem Datum vom Tag nach der Tat liegen lassen.«

»Sollte man nicht machen, wenn man grade einen Mord begangen hat«, sagte Helmut trocken. »Muss schön blöd sein, der Typ. Warum ist er nicht in irgendein Hotel gefahren, wo ihn keiner kennt? Hätte doch auch im Wagen übernachten können. Aber das war ihm wohl zu unbequem.«

Er setzte beide Ellbogen auf den Tisch und stützte sein Kinn in die verschränkten Hände. »Und jetzt weißt du nicht, was du tun sollst.«

»Genau«, sagte ich.

Zwei Minuten oder auch mehr schwiegen wir uns an, als ob vor uns ein Schachspiel auf dem Tisch gestanden hätte.

Schließlich sagte Helmut einfach: »Sei nicht blöd und mach was draus.«

Ich verstand nicht. Wartete auf mehr.

»Na, bring das Ding zu Ende, das Richie und Zuckerpuppe angefangen haben. Kannst ja was anderes verlangen als Geld.«

»Und was?«, fragte ich und hatte immer noch nicht ganz verstanden.

»Die Firma.«

Meinte er das im Ernst?

»Denk doch mal nach«, sagte er. »Der Bauscher ist ein mieser Hund, der vor nichts zurückschreckt. Hat die Röder umgebracht, nur weil sie ihn reingelegt hat. Dass die ein Miststück war, ist vielleicht ein mildernder Umstand, tut aber nichts zur Sache. Dass er ihre Leiche ausgerechnet in deinem Büro abgelegt hat, ist allerdings ein unglaubliches Ding. Schon dafür gehört er hinter Gitter. Und dahin käme er auch, wenn du dem Viekötter alles das sagen würdest, was du gegen ihn in der Hand hast. Das aber kannst du nicht, weil dann die Firma den Bach runtergeht und du deinen Job verlierst und das Leben deiner Mutter einen Knacks bekäme, der kaum mehr zu kitten wäre. Kapierst du jetzt? Nimm dem Drecksack die Firma ab, wenn du ihn schon nicht hinter Gitter bringen kannst! Oder wenigstens die Hälfte, was vielleicht einfacher wäre fürs Erste.«

Ein Tugendbolzen war ich nie gewesen. Aber skrupellos? Das bestimmt nicht. Und jetzt sollte ich in eine Erpressung einsteigen?

Helmut lehnte sich zurück und winkte zwei weitere Kölsch herbei. »Überleg dir die Sache in Ruhe. Und hör dir erst mal 'ne gute Neuigkeit an: Hasenscharte ist abgehauen.«

Augenblicklich verlor die Beretta in meiner Rocktasche an Gewicht.

»Und woher weißt du das?«

»Hab mich mal umgehört bei ein paar Leuten, bei denen ich was gut hatte. War keine große Sache. Wenn man als sogenanntes unverwechselbares Kennzeichen eine Hasenscharte hat, ist man bekannt wie ein bunter Hund, jedenfalls in seinen Kreisen. Der Mann heißt Antonio Bandoli und hat seinen Kumpels erzählt, dass er von einem Geschäftsmann einen Haufen Geld bekommen hat, mit dem er jetzt den Winter bei seiner Mamma in Palermo verbringen kann.«

»Viekötter wird sich freuen, wenn ich ihm Richies Mörder präsentiere«, sagte ich und dachte an mögliche Fingerabdrücke auf dem Stilett, die Bandoli überführen könnten.

»Viekötter informieren? Würde ich nicht tun«, sagte Helmut.

»Und warum nicht? Der Mann ist ein Mörder!«

»Wie dein Stiefvater und der Mann deiner Mutter«, sagte Helmut trocken. »Willst du den gleich mit ans Messer liefern?«

Helmut war mir zwei Schritte voraus.

»Stell dir vor«, sagte er, »Viekötter kriegt Antonio in die Finger, ausgeliefert von der italienischen Polizei. Oder wenn er mal wieder in Köln auftaucht, wo er übrigens ein Herzchen hat. Glaubst du, er würde beim Verhör seinen Auftraggeber verschweigen? Bestimmt nicht. Dann wäre Bauscher dran, und das Rad würde anfangen, sich rückwärts zu drehen. Die Sache mit den Erpresserfotos käme heraus, sein Motiv für den Mord an der Röder. Bauscher würde lebenslang hinter schwedische Gardinen wandern. Und vergiss nicht deine Mutter dabei. Die reiche Dame der Marienburger Gesellschaft, die mit einem Mörder verheiratet ist. Auch du kämst mit in die Mühle, der Mann, der die Röder in die Todesfalle gelockt hat. Sex und Mord in Kölner Werbeagentur. Was für eine Story für die Zeitungen!«

Helmut sah mich an. »Willst du das in Gang setzen, nur um diesen Antonio Bandoli hinter Gitter zu bringen? Fass dich mal an den Kopf, Andreas! Tu das, was ich dir geraten habe. Mach was aus der Sache. Reiß dir die Agentur unter den Nagel.«

Mir dröhnte der Schädel. Aber mein Gewissen begann sich bereits zur Ruhe zu begeben.

Ich würde es tun.

22

An diesem Abend noch einmal zur Talsperre zurückzufahren hatte ich mir gespart. Was von meinem Proviant übrig geblieben war, lag im Kühlschrank und würde in Ruhe vergammeln.

Ohne die Pistole unter dem Kopfkissen hatte ich eine friedliche Nacht gehabt. Mein DKW erwartete mich wieder an gewohnter Stelle und ermunterte mich, sein Schiebedach zu öffnen. Frischer Wind würde mir letzte Zweifel an meinem schmutzigen Plan aus dem Kopf pusten.

Gegen zehn erschien Bauscher in der Agentur. Bester Laune, strotzend vor Stolz und Selbstgefälligkeit, weil er von seiner gestrigen Reise einen neuen Kunden mitbrachte, einen Hersteller von Süßwaren im Frankfurter Raum, der einen Etat für sein Pralinensortiment zu vergeben hatte.

Ich gratulierte ihm zu seinem Erfolg und schüttelte, ohne zu schaudern, die Hand, die Dita erwürgt hatte. Wusste ich doch, was ihm bevorstand. Schon bald.

Zweifel daran, dass ich imstande war, die Agentur zu führen, hatte ich keine. Zumindest nicht, was den kreativen Teil der Arbeit anging. Und Kunden akquirieren und bei Laune halten, das sollte Peter Bauscher weiterhin dürfen. Fürs halbe Geld.

Heute würde ich den ersten Schritt tun, um zum geschäftsführenden Gesellschafter der Agentur WERBAG aufzusteigen. Zähneknirschend befördert von Bauscher, mit Brief und Siegel.

Als er die Tür meines Büros hinter sich geschlossen hatte, dachte ich kurz daran, dass ich bald ein anderes haben würde.

Kurz vor Mittag ließ ich mir von Kampmann den Schlüssel zum Fotoatelier geben. In meiner Jackentasche, wo zuvor die Beretta gesteckt hatte, befand sich jetzt eine andere Waffe: der Negativstreifen.

Wie man Fotoabzüge herstellt, wusste ich aus meiner Zeit als Schüler, als ich mir zu Hause eine Dunkelkammer einrichten durfte. Meine Eltern hatten mir eine Agfa-Box geschenkt, mit der ich eine Menge Bilder machte, hauptsächlich von meiner ersten Freundin, die, als sie mich verließ, auch den Spaß am Fotografieren mitnahm.

Damals hantierte ich in der Dunkelkammer mit Rollfilmen, was sehr viel einfacher war, als einen Vergrößerungsapparat zu bedienen. Das aber hatte ich inzwischen Richie abgeguckt, wenn er Bilder für meine Anzeigen in Arbeit gehabt hatte.

Augenscheinlich war nach mir niemand mehr im Fotoatelier gewesen. Ich öffnete die Tür zur Dunkelkammer und schaltete das Deckenlicht ein. Auch hier war alles so, wie ich es verlassen hatte. Die Wannen mit den Bädern für das belichtete Fotopapier waren ausreichend gefüllt. Ich hoffte, dass Entwickler und Fixierbad noch funktionierten. Dann begab ich mich auf die Suche nach dem geeigneten Fotopapier. Es sollten perfekte Vergrößerungen werden, die ich Bauscher präsentieren würde. Groß und deutlich in allen Einzelheiten, Belastungsmaterial erster Güte.

Ich inspizierte das Regal an der Wand und musste eine Reihe von Schubladen herausziehen, bis ich das richtige Papier gefunden hatte. Hochglanz, Format achtzehn mal vierundzwanzig. Dann nahm ich mir den kleineren der beiden Vergrößerungsapparate vor, der einen Negativhalter für den Kleinbildstreifen hatte.

Keine technischen Probleme also. Länger als die Mittagspause würde ich nicht brauchen.

Ich nahm das Negativ aus seiner Schutzhülle und schob es in den Halter. Dann löschte ich das Deckenlicht und schaltete auf Grün. In den Kopierrahmen legte ich ein Blatt normales weißes Papier ein und knipste probeweise den Vergrößerungsapparat an.

Erst erschien ein verschwommenes grau-weißes Rechteck, das noch nichts verriet. Ich griff nach der kleinen Kurbel hinter dem Lampenkopf und fuhr den Apparat langsam herunter, bis das Bild allmählich deutlicher wurde: schemenhafte Phantome, die sich ineinander verschlungen hatten. Schwarz stand für Weiß, hell für dunkel, noch undeutlich das Ganze und irgendwie gespenstisch.

Ich stellte das Bild scharf. Dann schaltete ich die Projektionslampe aus und ersetzte das neutrale weiße Blatt durch das Fotopapier.

Meiner Erinnerung nach hatte Richie bei ähnlichen Negativen das Fotopapier ungefähr fünf Sekunden lang belichtet. Was auch ich tat und hoffte, es richtig gemacht zu haben.

Ich nahm das belichtete Papier aus dem Kopierrahmen, legte es in das Entwicklerbad und begann, die Schale sachte hin und her zu schaukeln.

Erst ganz schwach und dann immer greifbarer zeigten sich Konturen und Halbtöne. Als Erstes wurde Dita im Vordergrund deutlich, dann der massige Körper von Bauscher. Zeit, das Bild herauszunehmen, es in der nächsten Schale zu wässern und danach ins Fixierbad zu legen.

Ein widerliches Geschäft und ganze drei Mal hintereinander, bis die Fotos in der Trockenpresse lagen, wo ich sie nach ein paar ungeduldigen Minuten herausnahm, ohne sie noch einmal zu betrachten.

Auf Richies Arbeitstisch fand ich einen entsprechenden Umschlag, um sie zu verstauen. Dann ging ich hinunter zu meinem Auto und schloss sie im Kofferraum ein.

Zurück in meinem Büro fand ich einen Prospekt über das Pralinenangebot unseres neuen Kunden vor. Recht so, Herr Bauscher, dachte ich und machte mir ein paar Gedanken darüber, wie sich in Zukunft die Profite verteilen würden.

Dass der Pralinenprospekt bereits auf meinem Tisch lag, sollte wohl bedeuten, dass ich mich der Sache annehmen sollte. Eine Aufgabenstellung war nicht dabei. Also hätte ich schon mal locker darüber nachdenken können, wie man so eine alte Marke mit ihren Oma-Pralinen jünger machen konnte.

Tat ich aber nicht. Ich dachte an Bauscher. Wie würde er reagieren, wenn ich ihm die Fotos präsentierte? Und – leise Zweifel regten sich – würde ich dem erfahrenen, kaltschnäuzigen Mann gewachsen sein, auf dessen Konto immerhin schon zwei Morde gingen?

Ich sah auf meine neue Omega und ergriff die Flucht in einen Abend, der vermutlich in einer Kneipe enden würde. Versprach mir Entspannung und wachsende Zuversicht mit jedem weiteren Kölsch. Ein Irrtum, wie sich zeigen sollte.

23

Erst einmal wollte ich Schlips und Kragen loswerden und vor allem den Umschlag mit den Bildern und dem Negativ. Ohne Eile fuhr ich die Rheinuferstraße entlang, bog in den Ubierring ein und dann weiter in die Alteburger Straße.

In meine Wohnung würde keiner eindringen, da waren die Fotos sicher. Hasenscharte und mögliche Kumpane hatten nichts von Fotos gewusst, und er selbst war bei Mamma in Sizilien. Darüber hinaus konnte ich auf Bello vertrauen, der jeden Fremden verbellen würde, der nachts ins Haus wollte.

Ich parkte vor der Fischbratküche und versagte mir ein Brötchen mit Matjes. Schließlich konnte man nie wissen, was so ein Abend noch bringen würde.

Ich holte den Umschlag aus dem Kofferraum und schloss das Auto ab. Auf der Straße herrschte kaum Verkehr, obwohl es noch keine sieben Uhr war. Ich nahm mir Zeit und schlenderte langsam dahin, überlegte, ob ich im Viertel bleiben oder noch einmal in die Innenstadt zurückfahren sollte.

Kurz vor meiner Haustür sah ich aus den Augenwinkeln einen Wagen, der kurz hinter mir langsam dahinrollte und anscheinend einen Parkplatz suchte. Dann bellten plötzlich drei Pistolenschüsse, und knapp vor mir spritzten Betonbrocken aus der Hauswand. Das Aufheulen eines Motors und der massige Schatten eines großen Autos, das davonraste.

Ich warf mich vorwärts, zerrte meinen Schlüssel aus der Jackentasche und hatte Mühe, ihn ins Schloss zu bringen. Dann stieß ich mit der Schulter die Tür auf und stolperte in den Hausflur, wo ich mich im Dunkel an die Wand presste. Absurd, aber irgendwie ein Reflex. Zu oft gesehen im Kino.

Der Umschlag mit den Fotos klemmte noch immer unter meinem linken Arm. Waren sie der Grund, warum man auf mich geschossen hatte?

Unmöglich. Niemand konnte von ihnen wissen. Es musste eine andere Erklärung geben.

Verstört tastete ich nach dem Schalter für das Treppenlicht, das mich hell und vertraut erst einmal von meinem Schock erlöste.

Dann überfiel mich eiskalt die Wirklichkeit: einmal Mafia, immer Mafia. Hasenscharte hatte seinen Clan beauftragt, mich für ihn zu erledigen. Und jemanden aus dem fahrenden Auto abzuknallen gehörte zu ihren Methoden. Wusste man doch. Und jetzt hatten sie mich im Visier.

Ich musste weg von hier.

Raus aus Köln, zurück in meine Fluchtburg an der Talsperre. Aber nicht ohne die Pistole.

Die Treppe nahm ich im Laufschritt.

Die Beretta lag im Schreibtisch und schimmerte matt. Ich steckte sie ein und fühlte mich besser.

Die Gangster würden nicht sofort zurückkommen. Vielleicht später und einen von ihnen absetzen, der mir auflauerte, wenn ich das Haus verlassen wollte. Aber dann würde ich hoffentlich schon in Sicherheit sein.

Mein Auto stand keine fünfzig Meter weit weg am Straßenrand. Es zu erreichen war nur Minutensache. Ich schloss die Wohnungstür hinter mir ab und zwang mich, die Treppe ohne Hast hinunterzugehen.

Als ich aus der Haustür trat, fiel mein Blick auf die Einschüsse in der Hauswand. Die Mafia hatte schlecht gezielt.

Ein Ford 17 M hatte mich zugeparkt. Ich suchte meinen Zündschlüssel in den falschen Taschen und fand ihn schließlich, stieg ins Auto und ruckelte mich in den Rückwärtsgang. Dreimal vor und zurück, dann war ich frei. Ich gab Gas und mobilisierte meine stolzen vierunddreißig PS und kam schneller als sonst auf die Rheinuferstraße.

Vor der Auffahrt zur Mülheimer Brücke sah ich hinter mir einen schwarzen Opel. Hatten sie geahnt, dass ich abhauen würde, und am Straßenrand auf mich gelauert? Würden sie mich verfolgen und versuchen, mich zu stellen und abzuknallen?

Mich aus dem Auto zerren, irgendwo am Straßenrand, und mir das Gehirn herauspusten? Oder ganz einfach durch die

Seitenscheibe schießen und mich samt Auto von der Straße katapultieren?

Auf dem Clevischen Ring war der schwarze Opel aus meinem Rückspiegel verschwunden. Ich beruhigte mich und überlegte, ob ich die Autobahn bis Opladen nehmen sollte oder besser die B8 am Bayer-Werk vorbei.

Wenn mich der schwarze Opel tatsächlich verfolgte, konnte ich ihn eher auf normalen Straßen abhängen als auf der Autobahn. Ich war ein guter Fahrer und mein DKW mit seinem Vorderradantrieb dem knieweichen Opel in Kurven überlegen.

Plötzlich war er wieder da. Dicht hinter mir. Am Steuer ein Mann, neben ihm eine Frau. Dahinter noch eine Person, nicht genau zu erkennen.

Vor mir ein Stoppschild. Runter von der Bremse und wieder aufs Gas. Links von mir wildes Gehupe. Aber ich hatte die Mafia abgehängt.

Als ich auf der B232 war und immer noch kein schwarzer Opel im Rückspiegel auftauchte, überkam mich der Verdacht auf gelinden Verfolgungswahn. Wahrscheinlich war es doch nur Familie Schmitz gewesen, die zufällig hinter mich geraten war. Aber ich wollte sichergehen.

In einem der kleinen Orte tauchte vor mir die Zufahrt zu einer Kirche auf, in die ich einbog, wendete und mit dem Gesicht zur Straße parkte.

Unter den wenigen Autos, die in Richtung Burscheid vorbeifuhren, war eine Reihe von Opels, aber kein schwarzer.

Nach fünf Minuten stellte ich den Motor ab, gönnte mir eine Texas und begann nachzudenken.

Heute und die nächsten Tage konnte ich mich des Nachts in unserem Wochenendhaus sicher fühlen. Aber das durfte kein Dauerzustand werden. Jeden Tag nach Köln ins Büro und abends zurück, das war ein Unding. Und immer ein Mordkommando im Rücken zu haben würde mich mehr Nerven kosten, als ich entbehren konnte. Nicht zuletzt wegen der Dinge, die ich mit Bauscher zu regeln hatte.

Gleich morgen früh würde ich Viekötter anrufen. Keine zwei Kilometer von seinem Büro entfernt waren die Einschüsse der Kugeln zu besichtigen, die mich fast umgebracht hätten. Was ihn hoffentlich davon überzeugen würde, dass ich in tödlicher Gefahr war. Ob ich ihm sagen würde, wohin ich geflüchtet war, galt es noch zu überlegen.

Zum Glück hatte ich den Schlüssel zum Haus im Handschuhfach gelassen. Ich stieg aus und ging über den knirschenden Kies auf den Eingang zu, über dem mein Vater damals eigenhändig den Namen »Haus Elvira« ins Holz gebrannt hatte. Elvira, der Name meiner Mutter, die heute nichts ahnend am Rande der Ereignisse stand. Verheiratet mit einem Mann, der ein Mörder war, und gesegnet mit einem Sohn, der nicht davor zurückschreckte, zum Erpresser zu werden. Wie weit durfte ich gehen bei dem, was ich vorhatte?

***

Draußen begann es langsam dunkel zu werden. Die kümmerlichen Reste im Kühlschrank würden gerade für das Frühstück am nächsten Morgen reichen. Ich trat noch einmal vor die Tür und schaute zur Talsperre hinunter. Ein paar Autos auf dem Parkplatz verrieten, dass das Restaurant am See geöffnet hatte.

Ich fröstelte in meinem dünnen Büroanzug und ging noch einmal zurück, um im Kleiderschrank nach einer dickeren Jacke zu suchen. Es gab eine, und sie roch heimelig nach Mottenkugeln.

Als ich mich auf den Weg hinunter zum See machte, ließ ich das quietschende Gartentor offen, um Nachbar Körfgen nicht aufzuscheuchen, der lange Gespräche liebte.

Die Besuche im Restaurant am See gehören mit zu meinen schönsten Jugenderinnerungen. Die Bergischen Waffeln mit Schlagsahne am Sonntag, ab und an ein deftiges Essen, wenn meine Mutter keine Lust zum Kochen gehabt hatte.

Das deftige Essen gab es immer noch. Ich bestellte ein Kotelett mit Bratkartoffeln und unterhielt mich mit dem alten Kellner, der mich noch von früher kannte.

Ein letztes Kölsch und die kühle Abendluft, die nach Wasser und Wald duftete, sorgten zusammen mit der Beretta unter dem Kopfkissen für einen ruhigen Schlaf. Viekötters Karte mit seiner Durchwahlnummer lag schon neben dem Telefon. Dienststunden ab acht.

24

Hauptkommissar Viekötter schien überrascht, so früh am Morgen von mir zu hören. Ob ich noch am Vormittag zu ihm kommen könne, fragte ich, um einen freundlichen Ton bemüht.

»Aber natürlich«, sagte er bereitwillig. Wahrscheinlich hoffte er auf neue Erkenntnisse im Fall Dita Röder. Womit ich ihm zwar hätte dienen können, wozu ich aber keinesfalls die Absicht hatte.

Auf der Fahrt zurück nach Köln legte ich mir zurecht, was ich ihm sagen würde und was nicht. Auf keinen Fall durfte ich mir einen Versprecher leisten, der auf die Erpresserfotos hinwies. Das war meine Angelegenheit und musste es bleiben, wenn ich nicht eine Lawine lostreten wollte, die uns alle überrollen würde.

Im Präsidium wurde ich wieder von der Dame mit der Pistole im Halfter in Viekötters Büro geleitet. Erst mit dem Aufzug, in den Menschen mit verschlossenen Gesichtern ein- und wieder ausstiegen und Blickkontakt vermieden, dann über lange Flure mit behördensauberem glänzendem Balatum bis zu seiner Tür, die sie, ohne anzuklopfen, öffnete und wortlos wieder verschwand.

Auf Viekötters Schreibtisch lagen diesmal mehr Aktenhefter, als ich es bei einem Kommissar im Außendienst erwartet hatte. Wenn einer von ihnen Material über Ditas Tod enthielt, würde es ein dünner sein.

Viekötter begrüßte mich freundlich und schüttelte mir über den Schreibtisch hinweg die Hand.

»Was führt Sie zu mir, Herr Graff?«, sagte er und bat mich, Platz zu nehmen. »Gibt es Ärger oder Neuigkeiten?«

»Beides«, antwortete ich und machte es gleich dramatisch: »Man versucht, mich umzubringen.«

Viekötter nickte gleichgültig, als hätte ich grade gesagt, dass man mir die Wohnung kündigen wollte. »Erzählen Sie mal.«

Erzählen?

Der tut so, als ginge es um eine nette kleine Geschichte und nicht um einen Mordversuch, dachte ich und bemühte mich um einen gelassenen Tonfall.

»Als ich gestern Abend nach Hause kam und ins Haus wollte, hat man auf mich geschossen. Aus einem fahrenden Auto heraus.«

»Mafia«, sagte Viekötter und nickte erneut. »War ja fast zu erwarten, dass Antonio nicht auf Nimmerwiedersehen verschwinden würde. Wo er doch seine bella Marie hier in Köln hat und möglichst bald wieder zurückkommen will. Also musste er vorsichtshalber dafür sorgen, dass Sie inzwischen beseitigt werden. Von irgendeinem seiner Kumpane.«

»Antonio? Sie wussten also, wer der Killer war?«

»War kein Problem, das herauszufinden«, sagte Viekötter. »Mit der Hasenscharte war er ja sein eigener Steckbrief. Das wusste er und ist deswegen sofort abgehauen.«

»Das alles erklären Sie mir jetzt so ganz nebenbei, Herr Kommissar?«, sagte ich und versuchte, ruhig zu bleiben. »Ich war die ganze Zeit über in Gefahr, und Sie wussten das!«

Viekötter blieb ungerührt. »Ich hatte Sie doch gewarnt und gesagt, dass Sie gut auf sich aufpassen sollen.«

»Was ich auch getan habe«, sagte ich und holte einmal tief Luft, ehe ich ihm berichtete, dass ich gleich am darauffolgenden Abend das Weite gesucht und auch die vergangene Nacht in unserem Haus an der Talsperre verbracht hatte.

»Sehr vernünftig«, meinte er beifällig. »Und jetzt erwarten Sie von der Polizei, dass wir für Ihre Sicherheit sorgen.«

»Genau das«, sagte ich. »Was also gedenken Sie zu tun?«

Er sah mich gedankenverloren an und schob seinen Stuhl zurück, dann stellte er sich ans Fenster und bot mir statt einer Antwort seinen breiten Rücken.

Ich saß und wartete.

Auf dem Flur quietschten die Gummireifen eines Aktenkarrens, der vorbeigeschoben wurde. Dann klopfte es an der Tür, und Viekötter ging, um sie für eine Gestalt im grauen Kittel zu öffnen, die ihm wortlos einen Stoß verschiedenfarbiger Hefter überreichte. Dann kam er zurück, setzte sich wieder und sagte immer noch nichts.

Ich spürte, dass eine meiner unrühmlichen Entgleisungen bevorstand, und konzentrierte mich auf Herrn Adenauer, der hinter Viekötter an der Wand hing.

Kurz bevor ich befürchten musste, unangenehm zu werden, hob Viekötter seine Rechte, spreizte sie und zeigte mir fünf Finger, an denen er abzuzählen begann, was er an Möglichkeiten sah, mich am Leben zu halten.

»Erstens: Wir haben einen V-Mann, der sich ab sofort gezielt nach Verdächtigen bei der Ring-Mafia umsehen wird. Was aber Zeit brauchen wird, möglicherweise zu lange, um einen weiteren Anschlag zu verhindern.

Zweitens: Sie verschwinden aus Köln. Möglichst weit weg an einen verschwiegenen Ort, aber nicht in das Haus an der Talsperre, dahin könnte man Sie verfolgen. Mindestens so lange, bis unser V-Mann Erfolg gehabt hat und wir zuschlagen können. Das hieße aber auch, dass Sie Urlaub nehmen und Ihre Werbetexte irgendwo auf dem Lande schreiben müssten. Unbequem, aber vielleicht das Sicherste.

Drittens: Wir stellen eine Falle, was aber gefährlich für Sie ist. Sie bleiben in Köln und verständigen uns täglich per Telefon, wann Sie Ihr Büro verlassen wollen. Von da ab genießen Sie Personenschutz, auch auf der Straße. Nicht in irgendwelchen Lokalen natürlich. Sie ignorieren also scheinbar die Gefahr eines weiteren Anschlags, was aber heißt, dass Sie ihn eigentlich provozieren und uns damit die Möglichkeit geben, direkt einzugreifen. Wenn Sie wollen, kriegen Sie auch eine schusssichere Weste von uns.«

Damit klappte er die restlichen zwei Finger ein, lehnte sich zurück und fragte, wie ich darüber dächte.

Zunächst mal dachte ich überhaupt nicht, sondern wünschte mich weit, weit weg, ohne schusssichere Weste unter meinem Jackett. Dann tat ich mutig und entschied mich für den dritten Finger. Mit Einschränkung, aber davon sagte ich nichts.

Aber es gab noch ein anderes Problem, eines, das ich bisher zwar gedanklich gestreift, aber dann immer wieder verdrängt hatte. Ich würde Viekötter fragen müssen, ob es neue Fakten im Fall Dita Röder gab. Denn was wäre, wenn er in seinem Eifer inzwischen einen neuen Verdächtigen ausgemacht hätte? Oder den Einbrecher, von dem zu Anfang einmal die Rede gewesen war, festgenagelt hätte? Also womöglich ein Unschuldiger angeklagt werden würde?

Ich würde mit der Wahrheit herausrücken und Bauscher ans Messer liefern, vor der Polizei die schmutzige Geschichte von den erpresserischen Sexfotos aufdecken und mich zur Mitwisserschaft bekennen müssen. Alles das, was Helmut Schlawizek mir im »La Päd« vor Augen geführt hatte, würde eintreten. Und nebenbei meine so vielversprechend begonnene Karriere beenden.

Nicht auszudenken.

Viekötter, der dachte, mir alles Notwendige gesagt und versprochen zu haben, sah an mir vorbei zur Tür.

»Noch eine Frage, Herr Kommissar«, sagte ich, »sind Sie im Mordfall Dita Röder weitergekommen? Gibt es eine heiße Spur?«

Er setzte ein falsches Lächeln auf, griff nach einem der Hefter auf seinem Schreibtisch und bedeckte ihn mit beiden Händen. »Nichts, was ich Ihnen sagen dürfte, Sie verstehen?«

Ich nickte verständnisvoll und erhob mich und hatte eine Sorge weniger. Fürs Erste jedenfalls. Wir verabschiedeten uns, und er sagte, dass der Personenschutz für mich ab morgen gelte. Und dass ich mich nicht ängstigen sollte, wenn ich nichts davon merken würde.

Im Aufzug begegneten mir wieder Menschen, die jeden Augenkontakt vermieden und von denen einige ihren Schritt beschleunigten, sobald sie den Ausgang erreicht hatten. Ich nahm mir Zeit und fühlte mich leichtsinnigerweise beruhigt.

***

In der Agentur herrschte Aufregung. Ein Vorstandsmitglied unseres neuen Pralinenkunden hatte unverhofft seinen Besuch angesagt. Der Mann wollte die Leute kennenlernen, die für seinen Etat arbeiten würden. Darunter mich, wie mir Bauscher verkündete, der mich dem Besuch als den Kreativ-Direktor der Agentur angekündigt hatte. Obwohl es den bislang überhaupt nicht gab.

Er wird sich wundern, dachte ich und vergewisserte mich, dass die Schublade meines Schreibtischs verschlossen war, in der die Schnappschüsse lagen, von denen ich mich keine Minute getrennt hatte und die mir helfen würden, besagter Kreativ-Direktor zu werden. Zumindest.

In Erwartung des hohen Herrn aus Frankfurt nahm ich mir schon mal den Pralinenprospekt vor und stimmte mich darauf ein, nachher eine Vorliebe für Süßes vorzutäuschen. Dann nahm ich den feinen Präsentationsschlips aus dem Kleiderspind und band ihn um. Gerade früh genug, um zum Mittagessen in die »Bastei« eingeladen zu werden und dort locker über Werbung und Marketing zu plaudern.

Fast wider Erwarten war der Pralinenmensch ein ganz netter Typ, der später im Konferenzraum nichts gegen meine Meinung hatte, dass das Gesicht seiner Marke jünger werden sollte.

Gegen fünf trennten sich alle Beteiligten in guter Laune. Mich ausgenommen, da ich nicht wusste, was ich tun sollte. In Köln bleiben oder wieder die Flucht ergreifen?

Schließlich befand ich, dass ich nicht zum Helden taugte, packte meine Siebensachen und fuhr wieder zu meiner Fluchtburg am See. Nicht ohne häufiger in den Rückspiegel zu sehen.

25

Ich musste es hinter mich bringen. Das war mein erster Gedanke, als ich wach wurde. Solange mich die Angst vor der Mafia in Atem gehalten hatte, war die Vorstellung, Bauscher mit den Fotos gegenüberzutreten, wenig konkret gewesen. Wo und wann und mit welchen Worten, das würde sich schon ergeben.

Heute Morgen aber war mir bewusst geworden, dass ich keine Zeit zu verlieren hatte. Zorn, Hass und Abscheu, was immer ich empfand, musste am Kochen bleiben, wenn ich Bauscher gewachsen sein wollte. Bislang hatte ich das alles mühsam unter der Decke gehalten, wenn ich ihm begegnet war. Aber wird nicht jede Suppe kalt, wenn sie zu lange auf den Löffel warten muss?

Als ich in mein Büro kam, sah ich, dass Uli Presser da gewesen war und mir Skizzen für weitere Anzeigenmotive auf den Tisch gelegt hatte. Das traf sich. Sie waren der ideale Vorwand, Bauscher in mein Büro zu bitten. Was zu meinem Plan gehörte, den ich mir auf der Herfahrt zurechtgelegt hatte.

Nachdem ich die Skizzen an die Wand gepinnt hatte, ging ich zu Fräulein Schneidereit hinüber und bat sie, Bauscher zu sagen, dass ich ihn möglichst bald sprechen wolle, es sei wichtig.

Zurück in meiner Klause nahm ich die Schutzhaube von meinem altmodischen Diktafon ab, das neben meiner Schreibmaschine stand. Ich schaltete es ein, legte das Mikrofon daneben und stülpte die Plastikhaube wieder darüber. Nicht vollständig, sondern ein bisschen schräg, damit unten, neben dem Mikro, ein Spalt frei blieb.

Ich überprüfte, ob die Bürotür richtig geschlossen war, setzte mich auf meinen Besucherstuhl und begann zu zählen: »Einundzwanzig, zweiundzwanzig, dreiundzwanzig.« Bei dreißig hörte ich auf und schaltete das Gerät auf Wiedergabe.

Es funktionierte. Alles, was Bauscher sagen würde, wäre am Ende dokumentiert. Blieb zu hoffen, dass ein Versprecher darunter war, der ihn belasten würde. Vielleicht sogar ein Geständnis, das er glaubte, sich mir gegenüber leisten zu können, weil ich beim Untergang seiner Firma ein Mitbetroffener war.

Wenn nicht, wäre auch das kein Problem. Er würde auch so begreifen, dass er mir ausgeliefert war. Ich hatte sein Mordmotiv in Händen. Unwiderlegbar.

Ich setzte mich in meinen Bürosessel und starrte auf die Skizzen an der Pinnwand, ohne dass ich sie wirklich wahrnahm.

Einmal holte ich den Umschlag mit den Fotos aus der Schublade, um den Auftritt zu proben, mit dem ich sie ihm präsentieren würde.

Hatte sich Richie genauso befangen gefühlt, oder war er kaltschnäuziger gewesen?

Plötzlich sah ich ihn vor mir liegen. Seine Augen, die dabei waren zu brechen, das blasige Blut, das aus seinem Mund rann, und den schwarzroten Fleck auf seiner Brust, der immer größer wurde. Bauschers Opfer.

Draußen auf dem Flur Türenschlagen. Mittagspause.

Dann kam er. Redete auf dem Gang mit irgendwem.

Ein paar Minuten später schnarrte mein Telefon. Was denn so eilig wäre? Ich sagte, dass Sachen an meiner Pinnwand hingen, die er entscheiden müsse. Und das möglichst gleich.

In Ordnung, sagte er, in fünf Minuten.

Es dauerte eine halbe Stunde, bis er kam und sich nicht entschuldigte.

Ohne mich zu begrüßen, stellte er sich vor die Pinnwand und musterte die Skizzen. Ich tastete nach dem Schalter des Handmikrofons und schob ihn auf »ein«.

»Ist es das, was du mir unbedingt zeigen wolltest?«, fragte er ärgerlich.

»Nein«, sagte ich, »etwas anderes.«

»Und was? Ich bin in Eile!«

»Setz dich«, sagte ich und deutete auf meinen Besucherstuhl; dann griff ich in die Schublade und nahm mir Zeit, den Umschlag herauszunehmen und ihn vor ihm auf den Tisch zu legen.

»Fotos. Solltest du dir ansehen«, sagte ich.

Für eine Sekunde blitzte Argwohn in seinen Augen auf. Fühlte er sich an eine ähnliche Szene erinnert? An einen Umschlag mit Fotos, die er sich ansehen sollte? An Dita?

Er zog den Umschlag langsam zu sich heran und öffnete ihn, nahm die Abzüge heraus und legte sie nebeneinander auf den Tisch.

Dann schob er sie, ohne eine Miene zu verziehen, wieder zusammen und steckte sie zurück in den Umschlag.

»Na und?«, sagte er und schubste ihn mir wieder zu. »Chef vögelt Angestellte. Kommt jeden Tag tausendmal vor.«

»Kann aber Folgen haben«, sagte ich und zog den Degen aus der Scheide.

Eine Minute vertickte, ohne dass etwas geschah. Ich spürte mein Oberwasser steigen.

»Du bist also das dritte Schwein im Bunde«, knurrte er. »Wie viel willst du?«

»Kein Geld. Etwas anderes.«

»Und das wäre?«

»Die halbe Firma.«

Er hob eine Augenbraue. »Versteh ich nicht.«

»Du beförderst mich zum Kreativ-Direktor. Gleichzeitig werde ich geschäftsführender Gesellschafter. Neben dir, mit den gleichen Bezügen. Wenn du nicht auf meine Bedingungen eingehst, werde ich die Fotos unserem verehrten Duftwasserkunden zuspielen, der daraufhin alle seine Etats kündigen wird. Der Grund dafür wird in Unternehmerkreisen schnell durchsickern. Dominoeffekt voraussehbar. Die CDU lässt grüßen.«

Er versuchte zu grinsen und schüttelte den Kopf. »Du kannst doch nicht so unglaublich blöde sein, den Ast abzusägen, auf dem du sitzt.«

»Kein Risiko für mich«, sagte ich. »Du wirst auf meinen Handel eingehen. Weil du sonst für schätzungsweise zwanzig

Jahre hinter Gittern landest. Es sei denn, du schießt dir eine Kugel in den Kopf.«

Ahnte er, was jetzt kam?

»Ich weiß, dass du Dita umgebracht hast. Und ich weiß auch, dass du einen Killer bezahlt hast, um Richie Naujoks zu beseitigen.«

Er öffnete den Mund ohne einen Ton und schloss ihn wieder.

»Ich erzähle dir mal, wie die Dinge gelaufen sind, nachdem du Naujoks hast umbringen lassen. Ich war im Fotoatelier und habe nach Aufnahmen gesucht, die er für mich machen sollte. Dabei habe ich per Zufall den Negativstreifen mit den hübschen Bildern gefunden. Zuerst war es nur ein Schock. Aber als ich später dahinterkam, dass du in der Mordnacht nicht in Frankfurt warst, sondern in unserem Haus an der Talsperre, wurde mir klar, dass ich mit den Fotos dein Motiv für den Mord an Dita in Händen habe.«

Ich gab ihm eine Minute, ehe ich nachsetzte: »Muss ich dir sagen, was Kommissar Viekötter tun wird, wenn er die Fotos sieht und du kein Alibi mehr hast?«

Keine Antwort. Was hätte er auch sagen sollen.

Ich dachte an das Diktafon, das noch immer lief, und beschloss, ihm Zucker zu geben: »Gewiss, du hast im Affekt gehandelt«, sagte ich. »Aber musstest du so weit gehen?«

»Ich habe Dita geliebt, glaub es mir«, sagte er, als sei das eine Rechtfertigung. Nichts weiter. Kein Versuch, die Tat abzustreiten.

Ich hörte die Falle zuschnappen.

Draußen auf dem Gang waren Schritte zu vernehmen. Zwei Frauen lachten miteinander, blieben stehen. Gleich würden die anderen aus der Mittagspause wiederkommen.

Ich saß da und fühlte mich als Sieger und kein bisschen schäbig.

Bauscher schob seinen Stuhl zurück, stand auf und sah an mir vorbei.

Dann ging er zur Tür und sagte über die Schulter hinweg: »Ich werde es mir überlegen.«

Ich stellte das Diktafon ab und spulte die Aufnahme zurück. Die Kassette schob ich in den Umschlag zu den anderen Beweisen.

Ich hatte ihn.

26

Die Kapitulation fand bei mir zu Hause am Telefon statt. Nach zwei ereignislosen Tagen, an denen wir uns in der Agentur aus dem Weg gegangen waren und an denen ich jeden Abend ungesehen unter Polizeischutz gestanden hatte.

»Ich bin mit der Lösung einverstanden«, sagte Bauscher knapp und fügte an, dass er für später eine ähnliche Konstellation sowieso im Auge gehabt hätte.

Der Heuchler.

Beiläufig erwähnte er noch, dass die Regelung noch einige Tage brauche. Aber unser Notar arbeite bereits daran. Der Austausch von Vertrag gegen Fotomaterial könne dann Zug um Zug geschehen.

Ich bemühte mich, den Triumph aus meiner Stimme herauszuhalten, und entgegnete, dass wir dann ja wohl zur Tagesordnung übergehen könnten.

Der Rest war Schweigen, und dann kam nur noch das Klicken, als er den Hörer auflegte.

Ich sah auf den Kalender, der über dem Telefon an der Wand hing. Heute war ein Tag, den ich mir merken würde.

Ich griff wieder zum Telefon und rief den Mann an, der einmal zu mir gesagt hatte: »Sei nicht blöd und mach was draus.«

Auf Kneipe hatte ich keine Lust, zumal ich in Ruhe mit Helmut über mein Mafia-Problem reden wollte. Also lud ich ihn zu mir nach Hause ein. Er versprach zu kommen und eine Flasche Calvados mitzubringen, das Gesöff, das neuerdings groß in Mode war.

***

Als Helmut klingelte, stellte ich mir vor, wie er draußen gerade misstrauisch von meinem Schutzengel beobachtet wurde, der hoffentlich auf seinem Posten war.

»Sag mal«, fragte er beunruhigt noch halb auf der Treppe,

»vor deiner Haustür war ein Bulle, der wollte meinen Ausweis sehen. Personenkontrolle. Hat das was mit dir zu tun?«

»Hat es«, sagte ich. »Komm rein, es ist allerhand passiert.«

»Hört sich dramatisch an«, sagte er und hängte seinen Mantel auf. »Schieß los. Warum lungert da ein Bulle vor deiner Tür rum?«

»Kommissar Viekötter will mich am Leben halten«, sagte ich und begann mit dem Abend, an dem ich beinahe abgeknallt worden wäre.

Die Nachricht, dass Bauscher auf meinen Handel eingegangen war, sparte ich erst einmal aus.

Helmut sah sofort, was Sache war. Der Polizist vor meiner Tür würde keine Dauereinrichtung sein. Die Mafia brauchte nur geduldig zu warten, bis Viekötter den Personenschutz abziehen musste. Und im Übrigen könnten die Jungs aus Sizilien auch mit dem Gewehr umgehen und mich irgendwo aus der Entfernung abknallen. Nein, wir müssten uns selbst etwas überlegen.

Ich spürte, wie mir langsam Angst im Nacken hochkroch.

Helmut stand von seinem Sessel auf, stellte sich ans Fenster und sah ins Dunkel hinaus. Dass er kein Wort sagte, ließ mich hoffen. Hatte er einen Draht zur Kölner Mafia?

Er hatte. Und auch eine Lösung.

Er kam zu seinem Sessel zurück, setzte sich wieder und goss sich noch einen Calvados ein.

»Du weißt ja inzwischen«, wählte er seine Worte mit Bedacht, »dass ich zufällig ein paar Leute kenne, die auf dem Ring das Sagen haben. Nützliche Leute in deinem Fall. Eine Person aus dem Umfeld dieser Leute ist die Freundin von Antonio Hasenscharte. Heißt übrigens Marie.«

»Weiß ich. Hat mir Viekötter gesagt«, nickte ich.

»Ach«, wunderte sich Helmut, fragte aber nicht nach. »Sehr wahrscheinlich hat Marie den Anschlag auf dich organisiert«, fuhr er stattdessen fort. »Und Marie wird auch dafür sorgen, dass du in Zukunft in Ruhe gelassen wirst.«

»Und wie sollte das gehen?«

»Ich werde ihr flüstern, dass du Antonio bei eurer Begegnung überhaupt nicht richtig gesehen hast. Ihn also im Verdachtsfalle gar nicht identifizieren könntest.«

»Flüstern ist gut«, sagte ich, »aber glauben ist was anderes.«

»Nicht wenn die Auskunft von der Kripo kommt, wo ich angeblich einen guten Freund sitzen habe.«

»Und woher sollte dein guter Freund wissen, dass ich Antonio nicht wiedererkennen würde?«

»Ganz einfach. Man hat dir Bilder von bekannten Mafiosi vorgelegt, unter denen auch das von Antonio war. Und darauf hast du ihn nicht erkannt.«

»Trotz seiner Hasenscharte?«

»Du bist eben ein schlechter Beobachter.«

»Und wieso bist du so sicher, dass sie auf den Trick reinfallen?«

»Weil die Leute immer gerne das glauben, was sie sich wünschen. Und weil sie denken, dass mein guter Freund bei der Kripo keinen Grund hätte, mir Märchen zu erzählen.«

»Und du denkst, dass Marie die Botschaft nach Sizilien weiterleiten kann? Also Antonios Adresse hat, obwohl er sich vielleicht versteckt hält?«

»Da mach dir mal keine Sorgen. Ich weiß, dass sie miteinander telefonieren. Hat Marie ihrer Freundin gesagt, die eine Freundin hat, die auch eine Freundin hat, die ich zufällig kenne.«

»Antonio wiegt sich also in Sicherheit und kommt bald zurück nach Köln. Und wird geschnappt. Was, wenn er mir dann gegenübergestellt wird?«

»Ist doch klar«, sagte Helmut ungerührt. »Dann erkennst du ihn genauso wenig wieder wie auf den Polizeifotos.«

»Und in Köln läuft dann ein Mörder weiter frei herum«, sagte ich und ahnte, was nun kommen würde.

»Jetzt halt aber mal die Luft an, mein Lieber«, sagte Helmut. »Du weißt, dass Bauscher der Mörder von Dita ist. Und den lässt du auch weiter frei herumlaufen, weil du dir seine Firma unter den Nagel reißen willst. Und dass du bei der geplanten Erpressung den Trittbrettfahrer spielst, macht dir ebenfalls keinen Kopf.«

Hätte ich sagen sollen, dass das doch überhaupt nicht zu vergleichen sei? Oder von wem ich die Idee mit dem Trittbrett hatte?

Ich griff nach den Salzstangen auf dem Tisch und kaute eine Atempause lang, ehe ich wieder in ungefährliches Fahrwasser steuerte.

»Bauscher ist auf den Handel eingegangen«, sagte ich. »Nur noch ein paar Tage, und alles ist gelaufen. Er hat bereits mit unserem Notar gesprochen.«

»Na bitte«, meinte Helmut gebührend erfreut. »Aber bleib wachsam, Andreas. Unterschätz den Mann nicht.«

»Tu ich nicht«, sagte ich und irrte mich.

Helmut ging um zwölf, und ich brachte ihn bis vor die Tür. Ein Stück weiter links stand ein grauer VW, in dem ein Mann saß, der die Rückenlehne schräg gestellt hatte und nicht zu uns herübersah. So also sah mein Polizeischutz aus.

27

Der nächste Tag brachte eine Menge Arbeit. Die Anzeigen waren fertig. Der prominente Fotograf in München hatte gute Arbeit geleistet. Attraktive Modelle, nur sparsam in schneeweiße Badetücher gehüllt, zeigten lächelnd ihre absolut schweißfreien Achselhöhlen. Darunter mein Slogan: »Den ganzen Tag wie frisch gebadet« – das war doch was!

Bauscher hatte schon für den Nachmittag einen Präsentationstermin bei unserem Kunden vereinbart. Ich sollte das Konzept vorstellen und damit gegebenenfalls den Kopf hinhalten, wenn die Sache schiefging.

Es war nicht das erste Mal, dass ich vor den versammelten Bedenkenträgern eines Kunden eine neue Kampagne vorstellen sollte. Aber diesmal war es anders. Sah ich mich schon als den ersten Mann an der Spitze? Als leitender kreativer Kopf mit der Autorität eines Mitinhabers der Firma?

Jedenfalls, die Präsentation war erfolgreich. Nur Bauscher schaute nicht ganz so zufrieden drein, wie es nach diesem positiven Verlauf zu erwarten gewesen wäre. Nachher, wieder in der Agentur, ging er mir aus dem Weg.

Am Nachmittag rief Viekötter an. Es gäbe Schwierigkeiten mit dem Polizeischutz für mich. Der Kriminalrat halte den personellen Aufwand für unangemessen, schließlich sei ich kein Minister. Es täte ihm leid. Aber ich hätte ja dieses Ausweichquartier, das sei vielleicht doch eine Lösung. Notfalls auch für eine längere Zeit, das wolle er nicht verschweigen. Denn im Augenblick käme er im Fall Antonio Bandoli nicht weiter, da sein Arm nicht bis nach Sizilien reiche.

Wahrscheinlich wunderte er sich, dass ich es so gelassen hinnahm. Schließlich konnte er nicht wissen, dass Helmut mir die Mafia vom Hals schaffen würde.

Ich überdachte meine Lage. Helmut wollte versuchen, Marie schon heute zu erreichen. Ob das klappte, war ungewiss.

Auch war es nicht sicher, ob sie Antonios Kumpane so schnell zurückpfeifen konnte. Also musste ich wieder einmal verschwinden. Und das, ohne vorher noch einmal nach Hause zu fahren, von wo aus man mich auf dem Weg zur Talsperre verfolgen könnte.

Würde das so weitergehen? Jeden Abend die Flucht ergreifen? Das konnte keine Lösung sein.

Plötzlich hatte ich keinen Gedanken mehr für die Arbeit, die vor mir auf dem Tisch lag. Ich wartete den offiziellen Büroschluss nicht ab und verschwand, ohne zu sagen, wohin. Den Umschlag mit den Fotos und dem Tonband nahm ich mit.

***

Es wurde ein langer Abend im »Haus Elvira«. Im Bücherregal in meinem alten Zimmer suchte ich nach Ablenkung und fand ein paar Kriminalromane. Einer davon war »Mord braucht Reklame«, der Klassiker von Dorothy L. Sayers, den ich aufschlug und gleich wieder zu. Nicht gerade ein Thema für heute. Was auch für die anderen galt, Edgar Wallace und.die harten amerikanischen, von denen ich erst einmal den Staub herunterblasen musste.

Nach meinem Abendbrot und einer zweiten Flasche Bier saß ich im alten Lehnsessel meines Vaters und kam ins Grübeln darüber, wie eins zum anderen gekommen war.

Düsseldorf. Die Ziellosigkeit. Das Geld, das einfach da gewesen war. Bauscher, der meine Mutter dazu brachte, mir den Geldhahn zuzudrehen. Bauscher, der meines Vaters Stelle eingenommen und dem ich mich unterzuordnen hatte. Das hinterlistige Spiel, in das ich Dita hineingezogen hatte. Der Mord an ihr. Der Mord an Richie. Der Anschlag auf mich.

Langsam überkam mich Mutlosigkeit.

Warum nicht noch ein Bier und noch eins und noch eins?

Am Morgen kauerte ich immer noch im Sessel, umgeben von leeren Bierflaschen, die ich umstieß, als ich mich hochrappelte und in die Küche tappte. Ich würde fliehen vor diesem Tag und hierbleiben.

Was ich dann doch nicht tat und gegen Mittag wieder an meinem Schreibtisch saß.

Den Anruf bei Helmut schob ich bis zum späten Nachmittag auf. Hatte er mit Marie gesprochen? Hatte sie die Jagd auf mich abgeblasen?

Nein. Marie war nicht in der Bar erschienen, wo sie bediente und wo Helmut auf sie gewartet hatte. Ich müsse Geduld haben und dürfe mich nicht verrückt machen, sagte er und vertröstete mich auf morgen. Anruf am besten gegen fünf, und halt die Ohren steif, Andreas.

Ich legte den Hörer auf und wünschte mich weit weg. Weiter als Diepental, wo ich nun doch wieder die Nacht würde verbringen müssen.

***

Die Fahrt dorthin kam mir von Mal zu Mal kürzer vor. Der Pendler-Effekt. Tröstlich für alle, die täglich aus dem Umland in die Stadt zur Arbeit müssen und am Abend wieder zurück. Man fährt wie auf Gleisen, das Auto ist der müde Gaul, der von allein nach Haus trabt. Man hat Zeit, die Löcher im Kopf zu füllen, die der Tag hinterlassen hat. Nicht immer ein Vergnügen. Heute schon gar nicht. Zu viel war immer noch ungewiss.

Der Burgfrieden mit Bauscher. War der nicht zu einfach über die Bühne gegangen? Und konnte mir Helmut tatsächlich mit einer bloßen List den Killer vom Hals schaffen?

War ich nicht zu leichtsinnig, wenn ich darauf vertraute, dass das Mordkommando nicht herausbekommen hatte, wohin ich mich nach dem Überfall abgesetzt hatte?

Warum wohl irrte mein Blick immer wieder zwischen den Rückspiegeln hin und her?

Auf der kurzen abschüssigen Strecke zwischen der Landstraße und dem See riss ich das Steuer nach rechts und kam in dem einmündenden Feldweg schlitternd zum Stehen. Ich stieß die Tür auf, sprang heraus, schlug sie hinter mir zu und spurtete bis zur Straße zurück, wo ich mich hinter die Kiste mit dem Streusand für den Winter duckte.

Wer jetzt hier vorbeifuhr, musste es langsam tun. Mafiatypen würde ich erkennen. Ich blieb eine knappe Viertelstunde dort hocken und redete mir ein, überhaupt keine Angst zu haben, sondern nur vorsichtig zu sein.

Anschließend hatte ich genug damit zu tun, mein Auto auf dem schmalen Feldweg zu wenden und auf die Straße zur Talsperre zurückzukommen.

Vor der Brücke über den See überfielen mich plötzlich konkrete Zweifel an meiner Sicherheit und rieten mir, erst einmal auf dem großen Platz neben dem Kiosk zu parken und mich zu Fuß auf den Weg zum »Haus Elvira« zu machen.

Irgendwie hatte sich in meinem Kopf die Vorstellung festgesetzt, dass mein persönliches Mordkommando das Haus inzwischen okkupiert haben könnte.

Ich sah sie richtig vor mir. Die Füße hochgelegt und die Pistole griffbereit auf dem Tisch. Konnte doch sein. Warum also nicht getrost an die Mutter der Porzellankiste denken?

Hinauf zum Haus wählte ich einen Umweg. Ging nicht über die schmale Brücke, welche die beiden Ufer verbindet, sondern nahm den Fußweg, der um die Talsperre herumführt.

Außer mir war kein Fußgänger zu sehen. Lediglich ein halbes Dutzend Angler saß auf Klappstühlchen entlang des Seeufers. Unbeweglich und tief in Gedanken versunken, friedfertige Menschen aus einer anderen, besseren Welt als meiner.

Bis zu dem Weg, der bergaufwärts zu unserem Haus führt, brauchte ich fast eine halbe Stunde. Dabei überkam mich leichtsinnigerweise so etwas wie Abenteuerlust. Hatte ich nicht eine Beretta in der Tasche, mit der ich umzugehen wusste?

Ich vermied die Zufahrt auf der Seeseite und pirschte mich von hinten an das Haus heran. Dort stand eine ziemlich dichte Reihe von kleinwüchsigen Tannen, die mir Deckung gaben.

An einem der rückwärtigen Fenster war der Klappladen nicht ganz geschlossen. Offenbar hatte ich vergessen, ihn bei meinem letzten Weggang zu arretieren. Das gab mir die Möglichkeit, ihn vorsichtig ein Stück weiter zu öffnen, um ins Innere sehen zu können und auf Geräusche zu horchen.

Ich hielt mich dicht an der Hauswand und drückte die beiden Flügel des Klappladens eine Handbreit auseinander. Das Quietschen, das dabei zu hören war, hätte der Wind verursachen können, der vor einer Weile aufgekommen war und in den hohen Bäumen ringsum kräftig rauschte.

Ich blieb ein paar Minuten stehen, ohne mich zu rühren. Dann wagte ich mich vor und sah ins Haus hinein.

Innen war alles dunkel bis auf den schmalen Lichtbalken, den das Tageslicht jetzt auf das Bett warf, das an der linken Wand stand.

Ich entschloss mich, den Schlagladen ganz zu öffnen und mich bemerkbar zu machen. Dazu nahm ich die Beretta aus der Tasche, fasste sie am Lauf und schlug mit dem Kolben ein paarmal hart an den Fensterrahmen.

Nichts rührte sich.

Ich wartete eine Minute und tat es noch einmal. Wieder nichts. Mit der Pistole in der Hand ging ich um das Haus herum nach vorne.

An der Haustür hatte sich offensichtlich keiner zu schaffen gemacht. Ich schob den Schlüssel ins Schloss und stieß sie auf. Niemand saß in unserem alten Ohrensessel und empfing mich mit einer Waffe in der Hand.

Als ich nacheinander alle Räume kontrollierte, hielt ich dennoch meine Pistole im Anschlag. Am ausgestreckten Arm, wie ich es früher mal im Wehrertüchtigungslager gelernt hatte.

Ich ließ das Licht brennen und machte mich auf den Weg hinunter zu meinem Auto. Langsam verflog das Gefühl von Anspannung und machte dem Frust Platz, wiederum die Nacht hier verbringen zu müssen.

Auf dem Parkplatz neben dem heute geschlossenen Kiosk standen jetzt ein Goggomobil und ein Uralt-Ford. Keine Mafia-Autos, so viel war sicher.

Ich fuhr über die Brücke ans andere Seeufer und den Berg hinauf zum Haus. Als ich meinen DKW auf seinem gewohnten Platz vor dem Gartenzaun geparkt hatte, schleppte ich zusammen mit einem Kasten Bier, den ich vorsorglich unterwegs gekauft hatte, einen Sack Missmut mit ins Haus.

Andreas Graff im Exil. Für wie lange?

Nach meinem kärglichen Abendessen und der ersten Flasche Bier wanderte ich ziellos im Haus herum und nahm hier und da Dinge in die Hand, die mich an bessere Zeiten im »Haus Elvira« erinnerten. Was meine Laune nicht verbesserte. Eine weitere Flasche brachte mich schließlich ins Bett, wo ich unruhig mit dem Kopfkissen zu kämpfen hatte, ehe es mir gelang, einzuschlafen.

Ich neige nicht zu nächtlichen Angstträumen, diesmal aber suchte mich einer heim. Verfolgt von einem riesenhaften Hund flüchtete ich durch einen Wald aus hochstämmigen Bäumen auf ein Haus zu, das jenseits einer einsamen Straße stand. Doch dann stolperte ich und fiel hin und hatte plötzlich den Hund über mir und erwachte von meinem eigenen Schrei, hochaufgerichtet im Bett sitzend.

Ich starrte in die Dunkelheit und fühlte die Stille um mich herum, als könnte ich sie greifen. Ein Alptraum wie in Kindertagen, damals hier in diesem einsamen Haus.

Ich schloss die aufgerissenen Augen und legte mich wieder zurück in die Kissen. Aber irgendetwas war da. Ein Geräusch. Ein Knacken.

Eins der alten Dielenbretter, natürlich.

Da war es wieder. Deutlicher, lauter.

Ich fröstelte. Fühlte Schweiß auf der Brust.

Jemand war im Raum.

Langsam öffnete ich die Augen, als fürchtete ich, dabei ein Geräusch zu machen, das der andere hören würde.

Das Licht war wie ein Hieb.

An der rechten Schläfe fühlte ich kaltes Metall.

»Damit du weißt, was jetzt gespielt wird«, sagte Bauscher.

Das helle Deckenlicht schmerzte. Dann war die Mündung der Pistole an meiner Schläfe fort. Aber ich spürte sie noch immer. Mein Herz pumpte.

Bauscher stieß einen Hocker, der an der Wand gestanden hatte, bis vor das Bett und setzte sich.

Jetzt lag die Pistole flach auf seinem kräftigen Oberschenkel und zielte auf meinen Bauch. Ich drehte den Kopf zur Seite, als könnte ich ihr damit entgehen.

Dann krachte der Schuss.

Mein Kopf sagte: So also ist der Tod.

Doch dann spürte ich wieder mein Herz. Wo blieb der Schmerz in meinem zerrissenen Gedärm? Aber da war nur der stechende Geruch von Pulverdampf.

Bauscher hatte in die Decke geschossen oder sonst wohin, irgendwo ins Leere. Baute auf den Schock, kannte sich von Kriegszeiten her mit Verhörmethoden aus.

Ich versuchte, meiner Stimme Halt zu geben und über das Zittern hinwegzukommen. »Wenn du mich umbringst, hast du meine Leiche am Hals. Und die kannst du nicht einfach unter den Tisch schieben wie die von Dita.«

»Warum nicht?«, sagte er. »Die brave Landpolizei wird genug Spuren im Haus finden, die auf einen Einbrecher als Täter hinweisen.«

Dann winkte er mir mit der Pistole, in die Senkrechte zu kommen und mich an den Tisch zu setzen.

Warum hatte er nicht längst abgedrückt? Das wäre doch das Einfachste gewesen. Keine belastenden Fotos mehr, kein Kläger, kein Richter, nur ein paar Unannehmlichkeiten wegen des verstorbenen Stiefsohns, verbunden mit dem Bedauern, einen fähigen Mitarbeiter verloren zu haben. Elvira würde es verkraften müssen. So spiele halt das Leben, würden die Kondolierenden sagen.

Nein, das war zu kurz gedacht. Er wollte erst die Fotos und das Negativ. Schließlich konnte er nicht wissen, ob ich sie versteckt hielt, unauffindbar für ihn.

»Wo hast du das Zeug?«, fragte er.

Ich antwortete nicht, zuckte mit den Achseln, wollte Zeit gewinnen. Doch wozu? Ich hatte das Spiel verloren. So oder so. Die Frage blieb nur, ob er mich am Leben lassen würde, wenn ich zu Kreuze gekrochen war.

Er tat es. Denn so war es einfacher für ihn.

Ich kam nur schwer auf die Beine. Als ich quer durch den Raum zu dem alten Kleiderschrank ging, in dem ich alles verstaut hatte, was ich mitgebracht hatte, wusste ich, dass mir die Mündung der Pistole folgte.

»Lass alles andere schön liegen«, sagte die Stimme hinter mir. »Nur die Fotos und die Negative!«

Gehorsam ging ich in die Knie und fand den Umschlag. Zerrte die Bilder heraus und fischte nach dem Negativstreifen. Ich stand auf, drehte mich herum und sah, dass er jetzt dicht hinter mir war.

Ich hielt ihm seine Beute hin, die er mir hastig aus der Hand riss. Und dabei die Pistole senkte und mir die Chance gab, ihm mein Knie in die Eier zu rammen. Ich hörte den Schuss, der in den Boden fuhr, und brachte einen Kopfstoß an, der ihn nach hinten stolpern ließ. Dann war ich über ihm und versuchte ihm die Pistole aus der Hand zu winden. Was er nutzte, um sich aufzubäumen und zusammen mit mir die Rolle rechts zu machen. Danach war zweimal er oben und ich unten und die Pistole noch immer in seiner Hand. Als er zum zweiten Mal abdrückte und der Schuss in die Decke ging, gab ich auf.

Er würde mich nicht erschießen, und ich brauchte ihn, um mein Spiel zu spielen.

Dann standen wir uns schwer atmend gegenüber, und keiner sagte ein Wort. Schließlich ging Bauscher mit langsamen Schritten rückwärts bis zu meinem Bett, griff hinter sich unter das Kopfkissen und holte meine Beretta hervor, die er sich hinter den Hosenbund steckte, routiniert wie ein Gangster.

Patt. Für heute.

28

Bauscher war noch in der Nacht zurückgefahren. Die Fotos hatte er zerrissen und die Fetzen in seine Jackentasche gesteckt. Dann hatte er eine Schere verlangt und den Negativstreifen sorgfältig zerschnipselt und in der Toilette heruntergespült.

Zuletzt hatte er mir eröffnet, dass er weiterhin Wert auf meine Arbeit in der Agentur lege. Meiner Ernennung zum Kreativ-Direktor und Geschäftsführer stimme er zu. Eine angemessene Gehaltserhöhung eingeschlossen. Wir sollten Frieden schließen.

Eine Falle? Oder doch die einzig vernünftige Lösung? Einverstanden und kein Blick mehr zurück?

Mein Handschlag musste sich schlaff angefühlt haben.

Gegen sieben kroch die Dämmerung durch die Ritzen der Fensterläden. Ich beschloss, dem Tag draußen entgegenzugehen. Mich im Morgenwind in der Kunst der Verdrängung zu üben.

Ich stieß die Fensterläden auf und ließ den Geruch von Angst und Niedertracht hinaus. Dann holte ich mir die dicke Jacke aus dem Schrank und trat vor die Tür. Ich fröstelte und schlug den Kragen hoch.

Hinunter bis zum See waren es keine hundert Meter. Ihn einmal zu umrunden war die übliche Tour der Wanderer, die tagsüber erschienen und schließlich ins Seerestaurant einfielen und munter plaudernd Bergische Waffeln bestellten. Schöne andere Welt!

Noch lag der See kalt und dunkel da. Nicht lange, dann würde er in die Sonne blinzeln und das bunte Herbstlaub der Bäume spiegeln. Aber dann würde ich bereits im Auto sitzen und zurück in die Agentur fahren, um meine Arbeit als künftiger Kreativ-Direktor von Bauschers Gnaden aufzunehmen.

Einmal blieb ich auf meiner Runde um den See stehen und beobachtete einen Fischreiher, der im seichten Wasser geduldig auf seinen Stelzenbeinen stand und auf sein Frühstück lauerte. Auf einen schönen Fisch, der ihm irgendwann vor den Schnabel kam.

Ich würde es genauso machen. Geduldig abwarten, bis sich Gelegenheit bot, Bauscher rechts zu überholen.

Im Augenblick war ich der Verlierer. Bauscher hatte mich kaltgestellt. Doch immerhin bekam ich den Posten, den ich haben wollte. Und hatte es unbedingt gleich die Mitinhaberschaft sein müssen? Ich konnte auch so zufrieden sein, oder?

Als ich am Ende meiner Runde angekommen war, sah ich die Dinge realistischer. Mein neuer gepolsterter Bürostuhl konnte durchaus ein Schleudersitz sein. Ich würde auf der Hut sein müssen.

Trotzdem: Die Rückfahrt nach Köln war voller erfreulicher Gedanken. Hinter den Domtürmen erschien eine rosige Zukunft am Horizont.

***

Bauscher war nicht in der Agentur. Musste sich wohl noch mal ein Stündchen hinlegen nach dieser angeblichen Geschäftsreise, die bis in den frühen Morgen gedauert hatte. Ich stellte mir vor, wie er gerade in der Marienburger Küche hockte und sich von meiner Mutter ein spätes Frühstück servieren ließ.

In ein paar Stunden würden wir uns gegenübersitzen, über die Agenturarbeit reden und so tun, als hätte es keine Pistole an meiner Schläfe gegeben. Und keine Dita, die er umgebracht hatte.

Auf dem Schreibtisch lag eine dringende Aufgabe, auf die ich mich nicht konzentrieren konnte. Stattdessen machte ich die Runde durch die Agentur. Sah den Grafikern im Atelier über die Schulter und sagte dies und jenes zu Entwürfen und Montagen, die mich bisher nur am Rande interessiert hatten. Zur Verwunderung der Juniortexter hielt ich mich ungewohnt lange in ihrem Büro auf und setzte mich dem Verdacht aus, die Zeit totzuschlagen.

Nach der Mittagspause begegnete ich Bauscher und Kampmann, die auf dem Flur zusammenstanden und redeten. Vielleicht über die Umorganisation, die nötig wurde, wenn die Agentur einen gesamtverantwortlichen Kreativ-Direktor bekam? Wir begrüßten uns mit einem Kopfnicken.

Wieder an meinem Schreibtisch, schob ich nervös Papiere hin und her und brachte keinen vernünftigen Text zustande. Zwischendurch fixierte ich immer wieder das Telefon. Genau bis Punkt fünf Uhr.

Helmut kam gleich an den Apparat und meldete sich munter.

»Dachte mir, dass du es bist«, sagte er, »pünktlich wie ein Maurer.«

Dann unterbrach er sich wegen einer Frauenstimme im Hintergrund, die sich nicht stoppen ließ. Schließlich meldete er sich zurück und kam gleich zur Sache: »Alles geritzt. Marie hat mit Antonio telefoniert. Die beiden Killer sind abbestellt. Und Antonio hat gesagt, dass er gleich nach Weihnachten wieder nach Köln kommt. Dann würde er gern den Typ kennenlernen, der diesen guten Freund bei der Polizei hat.«

Ich suchte nach ein paar passenden Worten, um mich zu bedanken. Aber ich kam nicht dazu, weil Helmut meinte, dass das doch ein Grund für ein paar muntere Gläser und noch ein bisschen was drumherum sei. Ich solle gegen acht bei ihm klingeln, er würde schon mal was arrangieren. Ich sagte zu und verschob mein Dankeschön.

Als ich aufgelegt hatte, stand Kampmann in der Tür und hielt einen grünen Hefter in der Hand.

»Gratulation«, sagte er und legte den Hefter vor mich hin. »Seine Unterschrift steht schon drunter. Jetzt sind Sie dran, aber bitte mit Tinte.«

Damit ging er um meinen Schreibtisch herum, setzte sich auf meinen Besucherstuhl und sah zu, wie ich meinen neuen Arbeitsvertrag unterschrieb. Gültig mit sofortiger Wirkung, Kreativ-Direktor und Mitgeschäftsführer der Agentur WERBAG. Gehalt glatt verdreifacht. Von Umsatzbeteiligung oder Teilhaberschaft stand nichts darin, musste aber auch nicht sein. Vorerst.

Als ich meinen Füller zuschraubte und zurücklegte, begegnete ich Kampmanns Blick. Es war selten, dass der Prokurist bei einer Amtshandlung freundlich lächelte. Jetzt tat er es, langte über den Tisch und schüttelte mir die Hand. Der Beginn einer Freundschaft auf Augenhöhe? Ich hoffte es.

Kein Wort darüber, dass Bauscher nicht selbst gekommen war, um mich den Vertrag unterzeichnen zu lassen. Ich wusste, warum.

Kampmann meinte, dass er eine Pulle Sekt im Bürokühlschrank hätte. Er würde gern mit mir anstoßen, auf eine gute Zukunft für mich und die Agentur. Dabei klopfte er mir auf die Schulter.

Als wir in seinem Büro standen und uns zuprosteten, ging die Tür auf und ließ Uli Presser ein, der es dann als Erster erfuhr und es eilig hatte, wieder ins Atelier zu kommen, um die Neuigkeit unters Volk zu bringen.

Natürlich war ich happy. Ertappte mich dabei, dass ich auf der Heimfahrt im Auto vor mich hinpfiff, was ich seit sehr langer Zeit nicht mehr getan hatte. Trotzdem sah ich hinter mich, als ich in der Alteburger Straße an der Haustür stand, neben den kleinen Löchern, die vorher nicht da gewesen waren und mit denen die Hausbewohner gewiss nichts anzufangen wussten.

***

Ich hatte vor, Helmut zum Essen einzuladen. Am liebsten ins »Töller«, wo es die besten Hämchen und Kölsch als Stößchen in kleinen Gläsern gab, mit Vorliebe bestellt von den feineren Kölnern, die dort gern den Dicken markierten.

Frische Wäsche lag noch genug im Schrank, den Büroanzug hängte ich zum Lüften außen an die Tür. Der neue Lumberjack stand mir gut, und meine Laune bewegte sich im hellgrünen Bereich. Das Auto würde ich vor der Tür stehen lassen, weil die Polizei neuerdings verstärkt Alkoholkontrollen durchführte.

In der Linie 16 knubbelte sich viel junges Volk, das am

Friesenplatz aussteigen würde und darauf hoffte, an den Türstehern auf dem Ring vorbeizukommen. Ich fuhr durch bis zum Hansaring und schlenderte frohen Sinnes an traurigen Trümmerhaufen vorbei, die stellenweise immer noch den Weg zum Klingelpütz säumten.

Als ich vor Helmuts Haustür stand, war es noch keine acht, also blieb Zeit genug, meine Neuigkeiten loszuwerden. Helmut würde staunen.

Lag es an dem neuen Arbeitsvertrag, den ich in der Tasche hatte, oder an meinem Talent zur Verdrängung? Jedenfalls geriet mir die Schilderung der vergangenen Nacht zu einer Story, bei der ich meine Angst weitgehend aussparte. Helmut wird es durchschaut haben.

»Liest sich gut«, sagte er, als er mir den Vertrag zurückreichte, den ich stolz mitgebracht hatte. »Musst nur aufpassen, dass du lange genug am Leben bleibst, um was davon zu haben.«

»Wie meinst du das?«, fragte ich. »Wenn Bauscher mich hätte umbringen wollen, warum hat er dann nicht abgedrückt? Spätestens nachdem ich ihm die Fotos und das Negativ ausgehändigt hatte? Wäre doch die sicherste Lösung gewesen.«

»Eben nicht.« Helmut schüttelte den Kopf. »Ich sag dir mal, wie ich glaube, dass dein sauberer Herr Stiefvater gedacht hat. Nämlich so: Wenn ich diesen verdammten Erpresser das Fürchten lehre, Pistole an Kopf und Schreckschuss in die Decke, wird er mit Sicherheit die Fotos und Negative rausrücken. Wenn er aber weitere Abzüge und auch eine Kopie vom Negativ gemacht hat, bin ich weiterhin in seiner Hand. Auch wenn ich ihn nachher umbringe, bleibt die Gefahr bestehen, dass sie wieder auftauchen. Mit Sicherheit sogar, weil dann in seinem Umfeld nachgeforscht wird. Wenn ich ihn aber am Leben lasse, existiert weiterhin ein gefährlicher Mitwisser im Mordfall Dita Röder. Also muss er irgendwann doch beseitigt werden, aber erst dann, wenn er glaubt, dass alles zu seinen Gunsten geregelt ist. Also: Ihn vorerst kaltstellen und ihm den neuen Posten anbieten, den er bestimmt annehmen wird. So bleibt Zeit genug, um nachzuforschen, ob er weitere Abzüge hat und wo sie zu finden sind. Irgendwann gibt es dann einen bedauerlichen Unfall oder einen Raubmord, dem du zum Opfer fallen wirst. Kapiert?«

Ich brachte ein paar stumme Minuten damit zu, einzusehen, dass Helmut die Dinge wieder einmal klarer sah als ich. Was meiner Aussicht auf die Zukunft einen Dämpfer versetzte, den ich erst einmal zu verkraften hatte.

Es wurde dann doch noch ein annehmbar netter Abend. Ins »Töller« gingen wir zwar nicht, dafür hatte Helmut zwei Damen zur Gesellschaft eingeladen, die etwas später eintrafen und auch etwas Gutes zum Essen mitbrachten: »Kleine Party, du verstehst?«

Die beiden Mädels waren aus dem Hinterland und hatten sich ins »Tabu« verirrt, wo Helmut sie angemacht hatte. Brave Töchter, ziemlich hübsch und auch nicht dumm, wenn man davon absah, dass sie einer Einladung zu einer »kleinen Party« in eine unbekannte Wohnung gefolgt waren, was man in der Großstadt Köln besser nicht tun sollte.

Noch vor zwölf war Schluss mit der Knutscherei, weil Marita, die etwas Vernünftigere, angeblich vergessen hatte, ihren Hotelschlüssel einzustecken.

Wir Jungs machten dann die Nacht doch noch rund, hauptsächlich im Friesenviertel, wo Helmut in einer der Kneipen herzlich von zwielichtigen Typen im Kleiderschrankformat begrüßt wurde. Was mir wieder mal zu denken gab. Mich aber auch irgendwie beruhigte.

***

Mit meinem neuen Arbeitsvertrag in der Tasche fuhr ich am nächsten Morgen bester Laune in die Agentur, wo man sich zunächst irgendwie zu scheuen schien, mir zu begegnen. Sollte man mir schon gratulieren? Alle wussten es, aber nichts war offiziell. Noch hatte Kampmann keine Notiz rundgeschickt, mit der meine Ernennung zum Kreativ-Direktor der Agentur bekannt gegeben wurde. Dann aber, gegen elf, lag sie auf allen Schreibtischen.

Erst leerte sich das Atelier, und es erschienen sämtliche Grafiker in Reihe, angeführt von Faber, dem Atelierleiter. Alle gratulierten und taten so, als hätten sie mich schon lange als den kreativen Kopf an der Agenturspitze gesehen, was einigen verlegenen Gestalten in Anbetracht der neuen Situation ratsam erschien, aber gelogen war.

Dann tröpfelten nach und nach die meisten Leute der anderen Abteilungen ein, die glaubten, mir das schuldig zu sein. Zurückhaltung übten die Kundenberater, die wohl befürchteten, dass ich demnächst in ihre Zusammenarbeit mit den Grafikern und Textern hineinreden würde. Nicht ganz zu Unrecht.

29

Alles lief glatt.

Meine Texterklause hatte ich gegen den kleinen Konferenzraum auf der ersten Etage getauscht. An meinen Schreibtisch schloss sich jetzt ein langer Tisch an. Das ergab ein praktisches T und Platz für sechs Leute, mit denen ich arbeiten konnte. Was auch vom ersten Tag an recht gut funktionierte. Hin und wieder ließ sich Bauscher sehen und mischte sich nur selten ein.

Von Dita wurde nicht mehr gesprochen, jedenfalls nicht in meiner Gegenwart. Aber ich wusste, dass der Schrecken immer noch nachwirkte. Vor allem bei den Sekretärinnen, die nicht mehr zu Überstunden bereit waren. Einen Engpass bedeutete zunächst das verwaiste Fotoatelier. Das aber nur, bis wir ein paar gute Zulieferer gefunden hatten, die außer Haus für uns arbeiteten. Darüber hinaus stellte ich Überlegungen an, es auch in Zukunft dabei zu belassen.

Und – das Erfreulichste von allem: Auf meinem Gehaltskonto fand sich das Zugesagte. Eigentlich hätte alles so bleiben können.

Dann rief mich Piet Bauer an. Er müsse mit mir reden. Und bitte nicht erst morgen, er sitze in der Klemme. Ob er mich zu Hause aufsuchen könne. Ich sagte zu und ahnte Schwierigkeiten.

***

Piet erschien pünktlich um acht und sah anders aus, als ich ihn in Erinnerung hatte. Hagerer im Gesicht und sorgfältiger gekleidet als früher. Auch keine Haare mehr bis auf den Kragen und anständig rasiert. Nur auf den breiten Schlapphut, den er für sein Markenzeichen hielt, hatte er nicht verzichtet.

Ich bat ihn herein und bot ihm einen Drink an, den er ablehnte. Ein Kaffee sei ihm lieber. Und bitte keine Umstände, gegessen hätte er schon, wir sollten gleich zur Sache kommen.

»Na dann los«, sagte ich, nachdem ich für den Kaffee gesorgt hatte. »Was ist das für eine Klemme, in der du steckst?«

»Ich stehe unter Mordverdacht. Und das wegen dir.«

»Mach keine Witze«, heuchelte ich.

»Weil du Dita für diese Schnüffelarbeit engagiert hast«, sagte er und schaute finster.

»Und warum hätte ich das nicht tun sollen?«, fragte ich. »Es lag doch nahe. Dita hatte schließlich Erfahrung in solchen Sachen. Mitarbeiterin von Piet Bauer, dem berühmten Skandalreporter.«

»Ich sag ja nicht, dass du Schuld daran hast«, lenkte er ein. »Aber ohne dein Angebot, nach Köln zu kommen, wäre sie heute noch am Leben. Und ich stünde nicht unter Verdacht, sie getötet zu haben.

Dieser blöde Kommissar Viekötter glaubt, ich könnte Dita umgebracht haben. Will ein Alibi von mir für die Mordnacht.«

»Und warum das? Da muss es doch einen Grund geben, der dich für ihn verdächtig macht.«

»Das schon, aber der ist völlig aus der Luft gegriffen, passt überhaupt nicht ins Bild.«

»Und der wäre?«

»Viekötter hat im Düsseldorfer Umfeld von Dita Nachforschungen angestellt und ist dabei auf mich gestoßen. Und auf diese Geschichte von diesem Juwelier auf der Königsallee, der den Hehler für die Antwerpener Brilliantenschleifer gespielt hatte und eines Tages tot aufgefunden wurde. Und da verdächtigt mich die Düsseldorfer Polizei der Mitwisserschaft.«

»Und? Ist da was dran?«

Piet wiegte den Kopf. Antwort genug.

»Und was hat das mit dem Mord an Dita zu tun?«, fragte ich und ahnte den Zusammenhang.

»Als ich dem Juwelier und seinen Verbindungen nach Antwerpen durch Zufall auf die Spur gekommen war, hatte ich Dita mit Nachforschungen betraut. Das ist der Knackpunkt.«

»Dita wusste am Ende also mehr, als dir lieb sein konnte?«

»Könnte man so sagen.«

»Und davon hat Vieköttter erfahren und Lunte gerochen. Er glaubt, dass du befürchten musstest, Dita würde im Zuge der Ermittlungen gegen dich aussagen. Schließlich hatte es einen Mord gegeben. Und da man dich der Mitwisserschaft bezichtigt, fürchtete sie, gleichfalls verdächtigt zu werden. Mit einer Aussage gegen dich hätte sie sich sozusagen davon freikaufen können.«

»Genau.«

»Und deshalb, glaubt Vieköttter, bist du nach Köln gefahren, um Dita vorsichtshalber zu ermorden. Wahnsinn«, sagte ich und schüttelte den Kopf, obwohl ich gleichzeitig dachte, dass er durchaus richtig kombiniert hatte.

Ich fragte mich, ob Piet wusste, dass zunächst auch ich unter Mordverdacht gestanden hatte. Vieköttter würde ihm nicht zu viel erzählt haben, vermutete ich und beschloss, damit hinter dem Berg zu halten. Jedenfalls im Augenblick.

»Und du glaubst, ich könnte dir helfen, aus der Sache rauszukommen?«, sagte ich und prüfte, wie weit meine freundschaftlichen Gefühle für ihn gingen.

»Ich hoffe, ja«, sagte Piet und nahm endlich seinen blöden Hut ab. »Dieser Vieköttter lässt mich im Ungewissen. Verschweigt mir Einzelheiten, an denen ich vielleicht meine Verteidigung aufhängen könnte. Außer der Tatzeit, für die ich verdammt noch mal kein Alibi habe, weil ich besoffen im Bett gelegen habe. In meinem eigenen. Und allein. Ich will alles wissen, was du weißt. Jedes Detail. Auch was Dita angestellt hat, um eure Leute auszuquetschen.«

»Du willst also Detektiv in eigener Sache spielen?«

»Genau das.«

»Gut«, sagte ich, »aber erzähl du mir erst ein paar Dinge, die mich interessieren. Woher wusstest du, was Dita in unserer Agentur tun sollte?«

»Hatte sie mir selbst erzählt, nachdem du sie angehauen hast. Dass sie erst nicht wollte, aber dann doch zugesagt hat, weil sie aus ihrem letzten festen Job rausgeflogen war und dringend Geld brauchte.«

»Hat sie gesagt, worum genau es bei der Sache ging?«

»Nee, eigentlich nur, dass es sich um Ideendiebstahl handelte. Kommt ja häufiger vor im Wirtschaftswunder.«

Dann hatte Piet plötzlich diesen Reporterblick und fragte, ob es stimme, dass ich zur Familie des Firmeninhabers gehöre. Was ich bejahte und was ihm wiederum zu denken gab, wie es schien. Bastelte er bereits an einer sensationellen Story für nachher, wenn er denn gut aus der Sache rausgekommen war?

Sollte er. Hauptsache, er kam raus, ohne dass ich meine gezinkten Karten aufdecken musste.

Einmal Reporter, immer Reporter. Plötzlich hatte er einen Notizblock in der Hand und fummelte in seiner Jacke nach einem Stift.

»Also fang an«, sagte er. »Warum bist du ausgerechnet an diesem Samstagmorgen ins Büro gefahren?«

»Um zu arbeiten. Mir war nachts eine Idee für eine neue Anzeigenkampagne gekommen. Die wollte ich zu Papier bringen.«

Piet nickte. So was kannte er.

»Und als du in dein Büro kamst, da war Dita tot. Wie hast du sie vorgefunden?«

»Auf dem Rücken liegend, unter meinen beiden Schreibtischen, wo ich sie zunächst überhaupt nicht sehen konnte. Erst als ich mich gebückt hatte, um einen Filzstift aufzuheben, sah ich sie. Augenscheinlich vergewaltigt, denn an ihrem einen Bein hing ihr halb zerrissener Schlüpfer.«

Als Piet wissen wollte, ob Blut- oder Spermaspuren zu sehen gewesen waren, reichte es mir mit der Leichenbeschreibung.

Wir gingen über zu den Örtlichkeiten. Darüber wollte er Genaues wissen. Erst versuchte ich, sie ihm mit einer Skizze auf seinem Block zu erklären, wobei aber nichts Brauchbares herauskam. Schließlich schob ich ihm seinen Block wieder zu und stand auf.

»Komm, wir fahren in die Agentur«, sagte ich und bot ihm an, mein Auto zu nehmen. Aber das wollte er nicht. Mit seinem sei er hinterher schneller auf der Autobahn. Er brauche ja nur hinter mir her zu fahren.

Ich hatte erwartet, ihn in seinen roten Austin Healey steigen zu sehen, mit dem er früher durch die Düsseldorfer Altstadt geröhrt war. Aber da stand jetzt eine brave Borgward Isabella am Straßenrand, auf die er zusteuerte.

»Hat alles seine Zeit«, sagte er und rang sich zum ersten Mal an diesem Abend ein Lächeln ab.

Wir parkten nebeneinander vor der Agentur und gingen schweigend auf den Eingang mit den goldglänzenden Buchstaben »WERBAG« zu.

Ich holte meinen Generalschlüssel aus der Tasche und schloss auf.

»Nicht übel, eure Hütte«, sagte Piet. »Und ein Stückchen davon gehört auch dir, nehme ich mal an, oder?«

Sollte ich ihm sagen, dass meiner Mutter Geld in der Agentur steckte, das sich allerdings schnell davonmachen würde, wenn Bauscher und ich den Laden nicht am Laufen hielten?

Ich murmelte Unverständliches und ging voran, die Treppe hoch zur Chefetage, dem Ort allen Übels. Dort schloss ich die Etagentür auf und wartete, bis die Neonröhren ausgeflackert hatten.

»Rechts und links die Büros der Kundenberater und ihrer Sekretärinnen«, leierte ich wie ein Fremdenführer. »Ganz hinten das Büro vom Chef und daneben mein ehemaliges.«

»Der Tatort also«, ergänzte Piet und wollte sich ungeduldig an mir vorbeidrücken.

»Fraglich«, sagte ich. »Dita kann durchaus an einem anderen Ort umgebracht worden sein. Wovon die Polizei beim Verhör allerdings nicht zu überzeugen war.«

Ich spürte, wie es in Piets Kopf zu arbeiten begann. »Du hast Dita gefunden. In deinem Büro. Und du hast früher mal eine Beziehung mit ihr gehabt. Und vermutlich hast du öfter bis in die Nacht hinein hier gearbeitet. Dann musst du doch für die Bullen sofort der Hauptverdächtige gewesen sein?«

»War ich auch«, sagte ich. »Aber ich bekam für die Nacht ein Alibi geliefert. Von einer Nutte übrigens.«

»So was«, sagte Piet und sah an mir vorbei. »Ich dachte, du hättest dich inzwischen eingelebt in Köln.«

Als ich ihm dann von Walburga berichtete, hörte er nur halb hin.

Ich stieß die Tür zu meinem alten Büro auf, an der immer noch die Reste des Polizeisiegels klebten. Alles war unverändert bis auf den Schreibtisch, der jetzt in meinem neuen Domizil stand. Wahrscheinlich würde Kampmann den Juniortexter hier unterbringen, den ich mir angesehen hatte und der frisch von der Werbefachschule kam.

»Hier hat sie gelegen«, sagte ich, zeigte vage auf den Boden unter dem Schreibtisch und wusste nicht mehr weiter. Verdrängen, wie ich es die letzte Zeit über fertiggebracht hatte, gelang mir nicht mehr. Das Bild war in meinem Kopf und würde sich nicht mehr löschen lassen. Was nutzte es, dass sie ein Miststück gewesen war, ich hatte sie einmal geliebt. Zuckerpuppe Dita. Das bisher dunkelste Kapitel in meinem Leben.

Piet Bauer stand neben mir und hatte plötzlich keine Fragen mehr.

Ich warf keinen Blick zurück und schloss die Tür hinter mir. Den neuen Juniortexter würde ich immer zu mir herunterbitten.

Mit einem Mal begann ich Piet Bauers Spürnase zu fürchten. Wieder draußen auf dem Gang fragte er mich, in welchen der Büros Dita zu tun gehabt habe. Ich gab ihm Auskunft über die Kundenberater und ihre Tätigkeitsbereiche. Ob Dita die Herren in ihre Recherchen einbezogen hatte, konnte ich ihm nicht sagen, weil ich es nicht wusste.

Vor der ledergepolsterten Tür zu Bausches Vorzimmer versagte die Nase des Spürhundes. Der Chef des Hauses schien ihn nicht zu interessieren, da dieser zur Tatzeit nicht in Köln gewesen war, wie ich zuvor hatte einfließen lassen. Dann zeigte ich ihm unser grafisches Atelier und kühlen Blutes auch Richie Naujoks verwaistes Fotostudio. Dass auch er ermordet worden war, brauchte er nicht zu wissen.

Mein Büro auf dem ersten Stock, das als ehemaliges Konferenzzimmer nobel holzgetäfelt war, fand er beeindruckend, meinen T-Schreibtisch originell.

Als wir das Haus verließen, fragte ich ihn, ob er glaube, auf einen Fakt gestoßen zu sein, der ihm helfen könne.

»Muss ich noch drüber nachdenken«, sagte er. »Könnte aber gut sein, dass es mich ein paar Tausender kosten wird, meine verdammte Unschuld zu beweisen. Wollte ich eigentlich vermeiden. Alibis sind eben teuer in Düsseldorf, was will man machen.«

Wir verabschiedeten uns, und ich sah seiner Isabella einigermaßen zuversichtlich nach. Skandalreporter Piet würde sich zu helfen wissen. Oder nicht. Und das würde mich in gewaltige Schwierigkeiten bringen und alle meine Pläne durchkreuzen. Denn nur ich könnte ihn davor bewahren, angeklagt und womöglich verurteilt zu werden. Indem ich alle Karten aufdeckte und Bauscher auslieferte.

Es ging bereits auf Mitternacht zu. Ich fuhr über die Ringe nach Hause und hatte keinen Sinn für das nächtliche Treiben vor den Bars und dem »Tabu« und dem »Café Wien«.

In der Nähe meiner Haustür war kein Parkplatz frei. Als ich langsam weiterfuhr, um eine Lücke zu finden, scherte hinter mir ein Wagen aus und folgte mir. Ohne Licht.

»Du musst nur aufpassen, dass du lange genug am Leben bleibst, um was davon zu haben«, hatte Helmut gesagt, der nicht so blauäugig war wie ich.

Als ich vor mir eine Parklücke sah, fuhr ich rechts ran, um rückwärts einparken zu können. Jetzt kroch das Auto ohne Licht an mir vorbei und steuerte einen freien Platz auf der gegenüberliegenden Straßenseite an. Zwei Männer stiegen aus und sahen zu mir herüber.

Mein Herz begann einen Trommelwirbel. Hatten die auf mich gewartet?

Ich brachte mein Parkmanöver zu Ende und gab mir fünf Minuten Zeit, bevor ich es wagen würde, auszusteigen.

Meine Pistole hatte mir Bauscher abgenommen. Die nächtliche Straße war menschenleer. Ich hatte Angst.

Einer der Männer zündete sich eine Zigarette an. Der andere beugte sich vor und schloss das Auto ab. Dann setzten sie sich in Bewegung und schlenderten auf eins der neuen Häuser zu, die vor Kurzem fertig geworden waren. Ich wartete ab, bis sie darin verschwunden waren, und noch weitere fünf Minuten, bis ich ausstieg.

Nichts war geschehen, außer dass zwei Männer einen besseren Parkplatz gesucht und vergessen hatten, die Autoscheinwerfer einzuschalten. Nichts, was mir hätte Angst machen sollen. Und es trotzdem getan hatte.

Als ich die Haustür aufschließen wollte, zitterte meine Hand und ich ballte die andere zur Faust, bis es schmerzte. Ich spürte, dass ich nicht weit entfernt von Panik war.

Dann klackte das Türschloss und ließ mich ein. Bevor ich die Treppe hinaufstieg, setzte ich mich wie ein Kind auf die unterste Stufe und sah der Tatsache ins Auge, dass es so nicht weitergehen konnte. Ich würde dem Spiel ein Ende machen müssen.

Später stand ich am Fenster meines Wohnzimmers, sah über die Dächer in den Nachthimmel hinauf und bedachte die Folgen:

Am härtesten würde es meine Mutter treffen. Der Mann, den sie geheiratet hatte, ein Mörder. Sie würde eine schlimme Zeit erleben, aber es schließlich verkraften. Ich konnte ihr helfen, sie nicht allein lassen in unserem Haus, das ohne Bauscher wieder sauber wäre. Wenn sie es denn wollte.

Wahrscheinlich würde man auch den Killer fassen, der in Bauschers Auftrag gehandelt hatte.

Sex und Erpressung als Mordmotiv, ein Fest für die Presse. Die Affäre würde die ehrbaren Herren in der Chefetage unseres großen Kunden lange den Kopf schütteln lassen.

Die WERBAG würde es nicht mehr geben. Das schmutzige Spiel, das ich vorgehabt hatte, würde nicht laufen. Ich hätte meinen Hals und meine Selbstachtung gerettet. Der Frage, welches Motiv das stärkere war, ging ich aus dem Wege.

Morgen würde ich bei Viekötter erscheinen und ihm die

Tonbandspule übergeben, von der Bauscher nichts wusste, als er sich von mir die Fotos und das Negativ hatte aushändigen lassen.

Es sollte anders kommen.

30

Als ich am nächsten Tag vor dem Firmeneingang geparkt hatte, schien der goldene WERBAG-Schriftzug über der Tür seinen Glanz verloren zu haben. In meinem Büro angekommen, setzte mich an meinen Schreibtisch und versuchte, mich auf eine Arbeit zu konzentrieren, von der ich nicht wusste, ob sie überhaupt noch wichtig war.

Dann meldete sich die Zentrale und wollte wissen, ob sie die Polizei zu mir durchstellen solle.

Es war nicht Viekötter, sondern eine amtliche Stimme, die wissen wollte, ob ich ein Angehöriger des Ehepaars Bauscher-Graff sei, es gehe um einen Verkehrsunfall.

»Angehöriger?«

Ich bejahte und spürte, wie sich meine Kopfhaut spannte.

Die amtliche Stimme klang, als würde sie einen Text vom Blatt ablesen.

Es habe einen Verkehrsunfall gegeben, bei dem ein Ehepaar dieses Namens getötet worden sei.

Ich umklammerte den Telefonhörer und sah meine Mutter, die man an den Straßenrand gelegt hatte. Bedeckt mit einem weißen Tuch, wie man es von Unfallbildern her kannte. Ich schloss die Augen.

Die amtliche Stimme wartete ab. Sie war offenbar an Pausen gewohnt, die einzuhalten geboten war, bevor man zu Einzelheiten kommen durfte.

Unser schwerer Mercedes 300 war am Heumarer Dreieck ungebremst gegen die rechte Mauer einer Autobahnbrücke geprallt. Unfallursache ungeklärt.

Ich wurde gebeten, so bald als möglich bei der Autobahnpolizeistelle Köln-Mülheim vorzusprechen. Man hätte Fragen an mich.

Ich verständigte Kampmann und fuhr hin, benommen wie nach einem Schlag auf den Kopf.

Es gab dort Bilder von der Unfallstelle, die ich nicht ansehen wollte. Was ich erfuhr, war wenig. Die Fahrer zweier nachfolgender Autos hatten berichtet, dass der Mercedes sie mit hoher Geschwindigkeit überholt habe und dann kurz vor der Autobahnbrücke wieder auf die rechte Fahrspur gewechselt sei.

Warum er dabei zu weit abgekommen und gegen die Betonwand geprallt war, konnten sie nicht erklären. Vielleicht hatte ein Hindernis auf der Bahn gelegen, vielleicht war plötzlich ein Tier aufgetaucht.

Allerdings erinnerte sich der Fahrer eines der zuvor überholten Autos an eine Gestalt, die oben auf der Brücke gestanden hatte. Vielleicht jemand, der einen Stein hinuntergeworfen hatte, wovon kürzlich ja bereits einmal in der Zeitung zu lesen gewesen war?

Der Fahrer des überholten Wagens hatte sofort auf der Standspur gehalten und gleich gesehen, dass er für die Insassen des völlig zerschmetterten Wagens nichts mehr tun konnte. Vom nächsten Autobahntelefon aus hatte er die Polizei verständigt, die in weniger als einer Viertelstunde eingetroffen war. Einige Minuten später die Feuerwehr, die schweres Gerät benutzen musste, um an die beiden Toten heranzukommen.

Der diensthabende Kommissar fragte, was ich nach Freigabe der Leichen zu unternehmen gedenke, und ließ sich sagen, wie und wo ich in den nächsten Tagen zu erreichen sei. Offensichtlich froh darüber, dass er dringend ans Telefon gerufen wurde, verabschiedete er sich. Erleichtert, einen dieser Hinterbliebenen loszuwerden, bei denen es ihm immer schwerfiel, den richtigen Ton zu finden.

Als sich die Tür der Autobahnwache hinter mir geschlossen hatte, war ich unschlüssig. Zurück ins Büro? In meine Wohnung?

Oder dahin, wo ich meiner Mutter noch einmal nahe sein konnte, so kurz nach ihrem Tod?

Ich ging zurück in die Wache und fragte nach den persönlichen Dingen der beiden Unfallopfer. Es stünde nichts dagegen, dass man sie mir aushändigte, sagte die junge Beamtin, nachdem sie mit dem Dienststellenleiter gesprochen hatte. Eigentlich hätte man das sowieso tun wollen, aber leider nicht mehr daran gedacht.

Man übergab mir einen grauen Pappkarton und ließ mich den Empfang quittieren. Ich tat es, ohne den Inhalt mit der vorgelegten Liste zu vergleichen. Die beiden Schlüsselbunde nahm ich heraus und steckte sie ein. Ich würde zu unserem Haus in der Marienburger Straße fahren.

***

Es hatte zu regnen begonnen. Auf der Autobahn vor der Polizeiwache mischte sich in das monotone Brausen das Verkehrs bereits ein gefährliches Zischen. Aquaplaning würde wieder Opfer fordern. Als ich ins Auto stieg, zuckte bereits das Blaulicht eines herausfahrenden Streifenwagens über den Parkplatz.

Ich nahm die Rheinuferstraße und stand eine Weile im Stau vor der Baustelle der neuen Severinsbrücke.

Zeit zum Nachdenken.

Vordringlich die Frage der Beerdigung. Meine Mutter würde ich neben meinem Vater in unserem Familiengrab auf Melaten beisetzen lassen. Wie und wo Bauscher beerdigt werden sollte, war zu überlegen. Dass er keine Angehörigen hinterließ, wusste ich.

Wichtig: Gab es ein gemeinsames Testament des Ehepaars? Wie verhielt es sich mit den Firmenanteilen meiner Mutter? Gleich morgen sollte ich mit unserem Notar sprechen. Über das Finanzielle der Firma wusste Kampmann Bescheid. Er war Prokurist und hatte Handlungsvollmacht.

Beim nächsten Gedanken kam ich ins Stocken. Als vermutlicher Alleinerbe wurde ich Inhaber der WERBAG. Doch den ganzen Laden führen, konnte ich das überhaupt? Nicht nur als Kreativ-Direktor, wie ich es mir gewünscht hatte, sondern als Gesamtverantwortlicher, als großer Boss, der vor den Kunden auftrat und neue Etats einbrachte?

Nach dem Stau vor der Brückenbaustelle verschafften mir die Wischerblätter ungetrübte Sicht. Leider nicht auf die Tatsachen, denen ich mich zu widmen haben würde. Aber: Ich war auf dem Weg zu meinem Haus. Zu meinem. Das zumindest war klar.

Statt des noblen Mercedes stand nun mein bescheidener DKW vor unserer Villa. Das würde sich ändern.

Als ich die Haustür aufschloss und in die halbdunkle Halle trat, glaubte ich einer Spur des Parfums zu begegnen, das meine Mutter immer benutzt hatte. Jetzt trieb es mir die Tränen in die Augen.

Ich hätte nicht herkommen sollen.

Nicht heute. Doch ich würde es durchstehen und auch die Nacht hier verbringen.

Auf meinem Weg in die Küche machte ich überall Licht. Redete mir ein, mich zu Hause zu fühlen, so wie früher.

Der Kühlschrank war gut bestückt. Dafür hatte Trude gesorgt, die morgen früh ahnungslos erscheinen würde, um als Mädchen für alles das Haus zu besorgen. Was sie weiter tun konnte, wenn sie wollte.

Ich machte mir ein kaltes Abendessen. Dann setzte ich mich ins Herrenzimmer mit den alten ledernen Clubsesseln und bediente mich aus dem Schränkchen unter dem goldgerahmten Bild meines Großvaters.

Von draußen schlich die Dämmerung ins Zimmer. Ich stand auf und zog die schweren Vorhänge zu, die eingemottet im Keller die Bombenangriffe überstanden hatten. Dann schaltete ich den großen Kristalllüster an der Decke ein, der mich mit seinem prächtigen Gefunkel an den Bürgerstolz und die Wohlanständigkeit unserer Familie erinnern wollte. Mit der ich gebrochen hatte, als ich in die Fußstapfen eines miesen Erpressers getreten war.

Hätte ich sie aus eigenem Antrieb verlassen, wenn Bauscher nicht bei diesem Unfall umgekommen wäre? Hätte ich ihn tatsächlich angezeigt?

Ich saß noch lange in meines Vaters Sessel und versuchte, mit mir ins Reine zu kommen.

Doch, ich hätte es getan.

Als ich den Lüster ausschaltete und in mein altes Zimmer hinaufging, überfiel mich das heulende Elend, wie meine Großmutter es genannt haben würde.

Das Bett sah aus wie frisch bezogen. Meine Mutter musste immer gehofft haben, dass ich wieder einmal über Nacht in unserem Haus bleiben, vielleicht sogar ein paar Tage Familie spielen würde. Doch da hatte mir Bauscher im Weg gestanden.

31

Wider Erwarten hatte ich tief und fest bis in den späten Morgen geschlafen. Als ich aus dem Fenster sah, standen keine Wolken mehr am Himmel. Ein guter erster Tag nach dem Ende der schmutzigen Geschichte, die jetzt hinter mir lag. Wie ich hoffte.

Ich rief Kampmann an und bat ihn, dafür zu sorgen, dass man von persönlichen Beileidsbezeugungen Abstand nahm, und fuhr ins Büro. Das Frühstück hatte mir Trude bereitet, nachdem sie ihre Tränen getrocknet hatte.

Niemand schien in Frage zu stellen, dass ich der neue Boss war. Auch gab es keinerlei Anzeichen dafür, dass der eine oder andere unserer Kunden abspringen würde.

Kampmann hatte nicht verhindern können, dass mir eine Reihe von Mitarbeitern persönlich ihr Mitgefühl aussprachen und scheinbar beiläufig fragten, ob es einschneidende Veränderungen im Geschäftsablauf geben würde, was ich natürlich verneinte.

***

Am dritten oder vierten Tag nach den Beerdigungen und dem Führungswechsel, der eigentlich noch kein offizieller war, meldete sich ein Herr Winterscheid am Telefon. In einer privaten Angelegenheit, wie er der Telefonistin gesagt hatte, die ihn nach einer Rückfrage durchstellte.

Herr Winterscheid klang zunächst etwas unsicher. Ob ich der Herr Graff sei, der seine Angehörigen bei dem schrecklichen Verkehrsunfall am Heumarer Dreieck verloren habe.

»Ja, leider«, sagte ich und wartete.

»Ich habe es auf Film«, sagte Winterscheid und schien nach passenden Worten zu suchen. »Ich dachte, dass es Sie interessieren würde.«

»Was haben Sie auf Film, bitte schön?«

»Nur die letzten Sekunden, dann war der Wagen ja schon unter der Brücke.«

»Sie haben den Unfall gefilmt?«

»Nicht den ganzen Unfall. Die Sekunden davor. Sagte ich doch bereits.«

»Und wie kamen Sie dazu?«

»Ich brauchte eine Autobahnszene für einen Film, den ich mache. Privat. Über den Kölner Autobahnring. Das ist das Thema für einen Wettbewerb in unserem Filmclub.«

»Dann sind Sie also der Mann, der auf der Brücke stand, als der Unfall passierte, und den ein Zeuge in einem der nachfolgenden Autos gesehen hat?«

»Ja.«

»Und warum haben Sie sich nicht als Zeuge gemeldet?«

»Ich hatte diesen furchtbaren Krach gehört, als der Wagen unter der Brücke gegen die Wand prallte. Und davon, wie das jetzt da aussah, davon wollte ich nichts sehen. Blut und Leichen, das alles. Ich hatte Panik und habe mein Stativ mit der Kamera unter den Arm geklemmt und bin einfach weg. Und es hatten ja auch schon andere Autos gehalten.«

»Und was ist jetzt mit Ihrem Film?«

»Den wollte ich Ihnen überlassen. Darauf sieht man, wie es zu dem Unfall gekommen ist. Sollten Sie selbst beurteilen.«

Herr Winterscheid schlug vor, mich zu Hause aufzusuchen und mir den Film persönlich zu übergeben. Wahrscheinlich hoffte er auf eine Belohnung. Ich stimmte zu und wollte ihm meine Adresse angeben, die er aber bereits kannte. Heute Abend um sieben würde er vorbeikommen und auch seinen Projektor mitbringen.

Herr Winterscheid war pünktlich. Ein schmächtiger Mann im Rentenalter in einem flotten Dufflecoat, der auf der gegenüberliegenden Straßenseite erst einmal stehen geblieben war und das Haus eingehend gemustert hatte. Was, wie ich vermutete, Einfluss auf die Höhe der Belohnung haben würde, die er erwarten konnte oder vielleicht sogar fordern würde.

Ich ließ ihn ein, wobei er vorsichtig ein kleines Köfferchen mit seinem Projektor vor sich her trug. Wir begrüßten uns und kamen gleich zur Sache. Wo es denn einen Raum gäbe, der sich verdunkeln ließ, fragte er. Als Projektionsfläche genüge auch ein größeres Blatt weißes Papier, das man an die Wand heften könne.

»Kein Problem«, sagte ich und führte ihn hinunter in den Keller, wo ich bereits die alte Leinwand aufgebaut hatte, auf der mein Vater immer die Familienfilme hatte laufen lassen.

Herr Winterscheid war kein Freund von vielen Worten und beschäftigte sich konzentriert mit dem Aufbau seines Projektors, wobei ich ihn nicht stören wollte. Schließlich hatte er den Film eingefädelt und bat mich, das Licht zu löschen. Erst käme jetzt eine Minute Vorlauf, dann aber, wenn der Mercedes auf der Überholspur ins Bild komme, sollte ich genau hinsehen, da ginge es um Sekunden.

Dann schnurrte der Projektor los, und man sah zunächst nur eine fast leere Autobahn, wobei das Bild ein paarmal ruckelte. Dann erschien ein Lkw und noch einer, und dann näherten sich zwei VWs. Kurz hinter ihnen, auf der linken Fahrbahn, tauchte ein Mercedes auf, mit ziemlich hohem Tempo.

Unserer?

»Jetzt!«, sagte Herr Winterscheid. »Achten Sie auf die Frau auf dem Beifahrersitz.«

Es gab keinen Zweifel: Die Person neben dem Fahrer warf sich plötzlich nach links und riss mit einem Ruck das Lenkrad zu sich herüber. Der Wagen folgte sofort und schoss im spitzen Winkel auf die rechte Fahrbahn. Für den Bruchteil einer Sekunde sah man noch das Entsetzen und den aufgerissenen Mund im Gesicht von Bauscher, dann war das Auto unter der Brücke verschwunden und meine Mutter tot.

Winterscheid ließ den Projektor noch ein paar Sekunden weiterlaufen und stoppte ihn dann.

»Soll ich noch einmal zurückspulen?«, fragte er und wartete schweigend.

»Nein«, sagte ich und machte wieder Licht, »nicht nötig.«

Nach einer Weile räusperte er sich und ließ die Katze aus dem Sack:

»Selbstmord. Ganz eindeutig. Da braucht die Lebensversicherung nicht zu zahlen. Spart ihr eine Menge Geld. Wenn sie den Film in die Hände bekommt. Muss aber nicht sein.«

»Wie viel wollen Sie?«, fragte ich und sah in sein ausdrucksloses Gesicht. »Wie viel für den Film?«

»Fünfzigtausend dürften reichen«, sagte er, spulte den Film zurück und versenkte ihn eilig in der Tasche seines Dufflecoats.

»Die Hälfte«, sagte ich, inzwischen mit Erpressungen vertraut. »In einem Monat. Zug um Zug, Film gegen Geld. Einverstanden?«

»Geht in Ordnung«, sagte Herr Winterscheid und begann, seinen Projektor abzubauen.

Den restlichen Abend verbrachte ich mit der Frage, was meine Mutter veranlasst haben konnte, Selbstmord zu begehen und Bauscher in den Tod mitzunehmen.

Die Antwort fand ich, als ich in ihr Zimmer hinaufging, was ich bisher vermieden hatte. In dem kleinen Papierkorb, der neben ihrem Schreibschrank stand, lagen, in Fetzen zerrissen, Bauscher und Dita.

Epilog

Zuckerpuppes Tod ist längst Vergangenheit. Seit inzwischen fast fünfzig Jahren, als Bauschers Tod meine Probleme gelöst hatte. Der Fall Dita Röder aber fand, den Polizeiakten nach, keine Sühne. Es sei denn, man betrachtet die Tat meiner Mutter als solche. Eine Frage, die ich mir nicht stelle. Richie Naujoks' Mörder ist, wie ich hoffe, inzwischen einer feindlichen Mafiakugel zum Opfer gefallen. Seiner Marie und der Kölner Justiz blieb er jedenfalls fern.

Um es kurz zu machen: Ich erbte das private Vermögen und die Firma, die ich mit Kampmanns Hilfe gut über die Runden brachte. Aber es machte mir keine Freude, jetzt der Boss zu sein. Zu viel gefühlter Schmutz lag noch herum. Wirbelte auf, wenn ich mein Büro betrat, das vorher Bauschers gewesen war. Oder das Fotoatelier, wo ich den unseligen Kontaktbogen in Richies schlecht verschlossener Schublade gefunden hatte. Manchmal sah ich auch Dita vor mir über den Flur gehen und ihren verbotenen Hintern schwenken. Fräulein Schneidereit hatte die Firma verlassen.

Eines Tages meldete sich ein Mister Green am Telefon und bat um eine Unterredung. Er war Teilhaber einer amerikanischen Werbeagentur, die ihre Fühler nach Germany ausstreckte. Wir trafen uns zum Essen im Dom-Hotel und kamen uns finanziell schnell näher. Er bot mir umgerechnet fünf Millionen D-Mark für die Übernahme der WERBAG, und ich schlug ein. Ohne lange Verhandlungen, weil ich es damals noch nicht gelernt hatte, ein Kaufmann zu sein.

Das aber bin ich jetzt, gleichfalls seit annähernd fünfzig Jahren: Graff & Schlawizek, Export-Import. Natürlich wohne ich in unserem Haus in der Marienburger Straße. Allein, seit auch meine zweite Ehe gescheitert ist.

Die offene Frage, wie meine Mutter in den Besitz der verhängnisvollen Fotos gelangen konnte, hat sich vor ein paar Jahren durch einen reumütigen Bekennerbrief aus dem Anna-Stift geklärt. Fräulein Schneidereit hatte sie in Bauschers Schreibtisch gefunden und ihr zugespielt. Diese Elvira würde sich scheiden lassen und Peter wieder frei werden. Was zählte da schon Zuckerpuppes Tod?

Dank

an die alten Freunde, die meinen Erinnerungen
manches Mal auf die Sprünge geholfen haben.

Rolf Hülsebusch

Rolf Hülsebusch
NEKROPOLIS COLOGNE
Broschur, 192 Seiten
ISBN 978-3-89705-427-1

»Es gelingt Autor Hülsebusch, die Spannung bis zur letzten Seite aufrechtzuerhalten.« Kölner Stadt-Anzeiger

»Das Buch reißt jeden Krimi-Fan in seinen Bann.«
koeln.de

www.emons-verlag.de

Rolf Hülsebusch
DICKE KOHLE
Broschur, 160 Seiten
ISBN 978-3-89705-474-5

»Hülsebusch schafft es wieder einmal mit leichter Hand, Themen wie (Jugend)-Kriminalität, Freundschaft – auch mit alten Menschen – Hightech und simples Schulwissen in die Handlung einzubauen, ohne sie zu überfrachten.«
Rheinische Post Leverkusen

www.emons-verlag.de